スキル【合成】が楽しすぎて
最初の村から出られない
3
Bengara Neko
紅柄ねこ
illustration ふらすこ

登場人物紹介
テセス
センの幼馴染で、【鑑定】のスキルを持つ。センと一緒に冒険に出るのが夢。
コルン
センの幼馴染で、冒険者に憧れる少年。剣の固有スキルを持つ。
リリア
センと同じ村に住む賢い少女。【合成】の他に、【召喚】【怪技】のスキルを持つ。
セン
エメル村で暮らす、本作の主人公。啓示の儀式で未知のスキル【合成】を授かる。

ミア
魔王ヤマダの部下。ヤマダを敬愛している。
アッシュ
エメル村就きの凄腕冒険者。コルンの師匠でもある。
魔王ヤマダ
魔族の王。センに様々な助言をするが、彼の目的は謎。
アステア
国に属し、魔王を倒すために鍛錬を積んでいる【勇者】。
にっぽん

5章《新たな力》

1話

「アッシュ、それにアメルさんもお疲れ様！」

僕――センはエメル村に新しく建てられた施設に入ると、カウンターの向かい側にいる二人に声をかける。

アッシュはエメル村就《つ》きの冒険者で、アメルさんは冒険者に仕事を斡旋《あっせん》する依頼所の受付をしている女性だ。

新しく建てられた施設は、これまでの依頼所としての役割だけでなく、魔王ヤマダさんのせいででき上がってしまったダンジョン、通称『エメル大迷宮』の管理も兼ねている。

エメル大迷宮のおかげで村を訪れる冒険者が増え、アメルさんだけでは手が回らないので、ここ最近はアッシュが手伝いをしていた。

ヤマダさんは僕に『ダンジョン』と教えてくれたけど、村の人々はそんなことを知らないので

『迷宮』と呼んでいる。

世界樹ユグドラシルのユーグも、『迷宮』と言っていた気がするな。

ダンジョンなのか迷宮なのか、ややこしくはあるけど、まぁ……別にどちらでもいいか。

「ようっ、今日はもう三組のパーティーが四階層を突破したぞ。ボスの上級兎《ハイラビット》のドロップアイテムも順調に集まってるな」

アッシュはそう言って、『ハイラビットの毛皮』を五つカウンターに置く。

毛皮の採取依頼をしていた僕はそれを受け取り、依頼完了の確認欄にサインをした。

ちなみにこの施設の建設には、僕が以前、フロイデルの冒険者ギルドの副長、バリエさんからもらった白金貨を使った。

エメル村を治める領主様も、これだけ騒ぎになっていては、さすがに黙っているわけにはいかなかったようで、冒険者が押し寄せて騒ぎになった数日後には使いの者が来て、村長やアッシュと話をしたらしい。

一階層の魔物からは銅、ボスからは良質な毛皮が入手でき、さらに地下へと繋がっている迷宮。冒険者たち自《みずか》ら地図を作成し、それが外にも持ち出されていて、噂が噂を呼び、次第に村には流れの冒険者が多くなった。

それを管理するには手狭だからと施設を拡張するための支援を頼んだのだが、まだ成果はそれほどではないという理由で資金援助はなかった。

『いい金づるになるかもしれない、しっかり稼いでくれ』だと。そう思うなら投資してくれたっていいだろうに。

だから、困っているアッシュとアメルさんのために、僕が白金貨を出したというわけだ。

白金貨なんて額が大きすぎて、どうせ両替しないと使えない。かといって僕が両替に行けば、なんでこんな少年が白金貨を持っているのかと怪しまれるだろう。

だから、僕の事情を知っているアッシュに渡すのはちょうどよい使い道だったと思う。

エメル大迷宮のおかげで、武器屋や雑貨屋だって、それはもう大賑わい。

しかも、売られている剣は他の街では珍しい『魔銀《ミスリル》の剣』だし、中級ポーションも投げ売りされている。

どちらも僕が【合成】スキルで作った品で、これまでは幼馴染《おさななじみ》のテセスに鑑定をお願いして鑑定書をつけていた。でも、今の供給量でそれをしたら、テセスが倒れてしまいそうだった。

鑑定書なしでいいから、迷宮から帰ってきた傷だらけの冒険者に格安で売ってもらうようにお願いしてあるのだ。

冒険者限定だし、迷宮外には持ち出し禁止にしてあるので、転売や貴族に目をつけられるといった可能性も低いだろう。

武器屋も雑貨屋も新しい施設の中に移転したため、村の入り口から離れたところに住んでいる人には不便だと言われたっけ。

それと、冒険者が増えたものだから、当然、宿屋兼食事処の『とね屋』は満員御礼。

女将《おかみ》さんの身体が心配だったけど、最近は娘が手伝っているので問題ないのだとか。

冒険者ってガラが悪いのも多いし、その娘もまだ十代だって聞くから、本当に大丈夫なんだろうか？

気になって行ってみたら、娘というのは教会の見習いシスターのマリアだった。

……うん、彼女なら大丈夫。

治癒魔法を頻繁に使ってレベルの上がっているマリアは、冒険者を簡単に投げ飛ばすことができるから。

教会の掃除や雑用なんかは学習の一環として子供たちにお願いしていて、しばらくは家のことに専念するみたい。

念のために迷宮内で手に入れた『力の指輪：攻撃力＋20』を渡しておいたから、レベルの高い冒険者相手でも問題はないはずだ。きっとどんな冒険者よりも彼女の方がレベルは上だろうし。

教会の負担が増えたことで、テセスの鑑定も受付を中止した。

というのも、アッシュが鑑定できるから。

正確には『鑑定』スキルとは違うのだけど、アッシュはこれまで様々なアイテムを見てきたので、ある程度はその名称と効果がわかる。

『鑑定』スキルは通常アイテムにも使えるが、本来は『未鑑定アイテム』と呼ばれるものを調べるために使うものらしい。

『未鑑定アイテム』は宝箱から手に入る、ユーグの力が込められたアイテムで、鑑定することで本当の力を発揮することができるようになるそうだ。

『なんでそんな面倒なことを……』と僕がこぼしたら、ユーグはチラリとヤマダさんの方を見ていた。

あぁ、この人の仕業《しわざ》なんだろうな……と理解するのに時間はかからなかった。

アイテム名と効果を確認するくらいは、世界樹の力を与えてもらった僕や幼馴染のコルン、それに友人のリリアにだってできることだ。

ユーグからもらった『世界樹辞典《ワールドディクショナリー》』は本の形をとることも可能だが、その効果自体はインベントリにも反映されていて、手持ちのアイテムの詳細を知ることができる。

そのアイテムから製作可能な合成アイテム名も表示されるので、期待できる素材があったらガンガン合成してみたい……のが、今の僕の気持ちである。

◆◆◆

僕はしばらくの間、慎重にエメル大迷宮の探索を行った。

ユーグと会話をしてからもう随分経ち、朝晩はかなり冷え込むようになっている。

僕たち――アッシュが抜けて、リリア、コルン、テセス、僕の四人と、リリアの召喚獣ピヨちゃんとで潜り、ついに十階層へ到達した。

各階層のボス戦前は装備を確認したり、アイテムを補充したりと特に慎重になったものだから、なかなか次へ進めない。

時折ヤマダさんから『まだそこなのかよ』なんて言われ、リリアは必ず言い返していた。

そんな風景が日常的だったから、僕が『夫婦《めおと》漫才みたい』と笑って言ったら、リリアがものすごく不機嫌になり、しばらく口もきいてくれなかったこともある。


ある日、いつものように村で迷宮に潜る準備をしていると、リリアが不満をもらした。

「なんでセンばっかりレベルが上がるのよ？　私だってピヨちゃんと一緒に頑張ってるのにさぁ」

「そんなこと言われたって困るよ。【合成】スキルのことだったらアドバイスできるけど」

僕の【マスター合成】はつい先日『レベル３』まで上がったのだけど、リリアの【マスター召喚】は未だに習得した時のままらしい。

『スライム』『ウルフ』『リザード』といった、普段よく目にする魔物の名前が追加されていくくらいで、レベルが上がることはなかった。

だけど、その原因にはなんとなく見当がついている。

「だから、たぶん魔物を召喚しなきゃレベルが上がらないんだってば」

これで何度目だろう？　僕はリリアに毎度同じことを言うのだが……

「嫌よ。代わりにピヨちゃんがいなくなったりしたら困るもの。それに、『召喚《サモン》』と『解放《リリース》』の二つがあるけど、別の魔物を召喚して下手に『解放《リリース》』を使ったら取り返しがつかないかもしれないじゃない」

そんな心配はないと思うのだけど、不安ならヤマダさんに聞けば済む話だ。

でも、『それだけは絶対に嫌！』だとさ。

ただ、僕がレベル3に上がったことで、リリアとしても我慢できずにそのどちらかを試してみようと思ったらしい。

やはり使うなら『召喚《サモン》』だろうと僕は言うのだけど、リリアはそちらのほうが不安みたいだ。

ちなみにピヨちゃんには『召喚《サモン》』も『解放《リリース》』もない。

すでに召喚しているからなのか、別スキルだからか？

とにかくリリアに一緒に来てほしいと言われ、四人で再び十階層へとやってきた。

九階層までは一階層と同様に迷路のようなダンジョンが広がっており、最奥にはボス部屋、その先に次の階層へつながる階段がある。

だが、十階層はただただ広い部屋になっていた。

部屋と言うより、第二の地上と言うべきか？

木々が茂っていて、何十メートルも上空に見える天井には光を放つ苔《こけ》のような植物が生えている。

建物の十や二十はゆうに建てられそうな広さがあり、魔物の姿は全くない。

いわゆる安全地帯というやつなのだろう。

確かにヤマダさんとユーグの会話の中でも、そんな場所が出てきた気がする。

今はこの十階層が、僕たちの拠点になっていた。

魔法での転移も可能だけど、一度到達した階層には入り口の転移石を使って一瞬で移動できるようになっている。

最近は国の兵が村を頻繁に出入りしているし、ポーションや魔銀《ミスリル》の出所を探られたりもしているから、バレると面倒だと思い、素材やアイテムは全てこの十階層に持ってきているのだ。

「じゃあ、最初はスライムで試してみるわよ」

ピヨちゃんに寄り添いながら、リリアはスキルを試そうとしている。

「いいなぁ。俺もそういうスキルが欲しいぜ」

コルンはリリアがスキルを使う様子を、羨《うらや》ましそうに見ていた。

ステータスやアイテム名の確認、インベントリまで自由に使えるのだが、それが当たり前になってきたものだから、リリアみたいな変わったスキルが羨ましいのだそうだ。

コルンだって、願っていた通りの固有スキルをすでに持っているのだけど。

「ちょっと、私が真剣になってるんだから黙っててよ」

リリアが睨むと、コルンは『へいへーい』なんて言って地面に寝っ転がった。

そんな二人をよそに、テセスは料理本をじっくりと読んでいる。

魔物から取れる食材が増えたし、食事処とねね屋は腹を空かせた冒険者で溢れ返っているので、とねね屋のためにワイルドボアに代わる食材の調理法を研究しているらしい。

「まったく……みんな勝手なんだから。じゃあやってみるわよ、スライム……解放《リリース》！」

スキルを使うと、不思議な光がリリアを一瞬包み、すぐに収まる。

スライムは……現れなかった。

そりゃあ『召喚《サモン》』と『解放《リリース》』があったら、出現するのは『召喚《サモン》』のほうだろう。

じゃあ『解放《リリース》』がどういう効果だったのかというと、リリア曰《いわ》く、魔物リストからスライムが消えたらしい。なので、もう召喚はできないみたいだ。

その代わりに『軟体ボディ』とかいうものを手に入れたそうだが、用途や効果は不明。

同じようにウルフを解放《リリース》すると『群れの王者』が、リザードからは『竜鱗《りゅうりん》』が手に入った。

どうやら『解放《リリース》』ではその魔物の特性が手に入るらしい。

用途は……何度も言うが不明。

『解放《リリース》』を試した魔物は、どれも何十回と戦ったことがある。

それらより多く戦った魔物もいるのだが、リストにはない。きっと、魔物によって必要な戦闘回数が違うということだろう。

もう少し情報が欲しかったので、レイラビットとノーズホッグ、ベノムバイパーを狩りに行ったが、その最中にまたもウルフがリストに追加されていた。

こいつは比較的簡単に条件を満たせる魔物らしい。それほど強くもないし……

それぞれから『安眠体質』『比類なき嗅覚』『毒生成』が手に入り、二度目のウルフの『解放《リリース》』では『艶《つや》やかな毛並み』を入手した。

同じ魔物でも個体によって違うのか、あるいはいくつか種類があるうちの一つだったのか？

ともあれ、リリアの狩りに付き合った僕は素材がたんまりと手に入り、有意義な一日だった。

コルンはよく寝られたし、テセスも研究に集中できたのだとか。

結局、『解放《リリース》』の謎は解けなかったけれどね。

2話

翌日、意を決したリリアが『召喚《サモン》』を試してみると言った。

コルンはまだ寝ていて、テセスは料理の試作をしにとね屋に行ったため、僕とリリアの二人で早朝から十階層に向かう。

リリアはいつの間にか、九階層にいた猫のような魔物『ケットリーパー』をリストに加えていた。

どうせなら魔物らしくない見た目の個体を召喚したいらしい。

でも、リリアが村でケットリーパーを連れ回していたら、冒険者が初めて九階層に来た時にリリアの召喚獣と勘違いして不意打ちをくらってしまうかもしれない。そうでなくても、リリアがケットリーパーを使役しているのは妙だと変に勘繰られてしまうのでは。

まぁ、ヤマダさんのおかげでレベル上げができた僕たちと違って、冒険者が九階層までやってくるのは、まだまだ先の話なのだろうけれど……

「せっかくなら人型の魔物にしたかったんだけど、さすがに骨とか腐った皮膚《ひふ》っていうのはね……」

スケルトンやグールといった魔物もいて、七、八階層に出てくる。

そいつらは人の形はしているけど、どう見ても生き物ではなかった。

僕と一緒に見ていた『世界樹辞典《ワールドディクショナリー》』には、色々な人型の魔物が記載されていたし、それなら村の中で召喚しても大丈夫かと考えていたみたいなのだが。

十階層に着き、リリアは『召喚《サモン》』を使用した。

『特性を付与しますか？』

リリアの前にそんな言葉が表示されると、彼女は笑みをもらす。

「ふふっ、その可能性だったらちゃんと考えていたわよ」

『解放《リリース》』で手に入れた用途不明なアイテムは魔物の特性で、それを『召喚《サモン》』で呼び出した魔物に付与することができるのでは、とリリアは予想していたらしい。

もしそうだったら何を選択しようかと、昨日、ケットリーパーを狩りながら考えていたそうだ。

ついでにレベルが上がるにつれて、つけられる特性の数が増えることも想定しているとのこと。

将来的には、硬いけれど毛並みがふさふさな、空飛ぶ黒いスライムなんてものが誕生することだってあるかもしれない。

リリアにそう言われて想像してみたが、それはスライムではない気がする。

召喚されたケットリーパーは、黒い毛並みを持つ見た目は可愛らしい猫だ。

召喚のためとはいえ、こんなに可愛らしい魔物を何匹も倒すのには心を痛めただろう。

それだけ頑張って召喚した魔物につけた特性は、一体どんなものなのだろうか？

『群れの王者』とか強そうだよな。見た感じから、『竜鱗』ではなさそうだが……

「何を選んだのかって？　そんなの『艶やかな毛並み』に決まってるじゃない。この子を戦わせるなんて考えてないわよ」

ピヨちゃんがいれば戦闘は十分、確認のためとはいえこの子を召喚した以上、ちゃんとお世話をしたいのだと言う。

となれば、触り心地や見た目の愛くるしさが優先される、と……

そういった理由で、特性は戦闘とは無関係なものを選んだらしい。

「でね、特性を選んだのはいいんだけど、もともと似たような特性も持ってたみたいで、違う特性に変わっちゃったのよ」

ざっくり言うと、『A＋B＝C』という感じで、新たな特性として『気品あふれる毛並み』を持

つケットリーパーになったそうだ。

うーん……言われてみれば、気品を感じるような気が……

「よろしくね、クロっ」

『ミャウっ』

そう互いに挨拶をしたのだが、クロと名付けられたケットリーパーは、煙のように消えてしまった。

リリアは再度召喚を試みたが、『ここでは召喚の必要がありません』と出ているそうだ。

魔物がいる場所でしか召喚できないという、不思議な力が働いているのだろうか。でも、さっきは召喚できたのに……

「必要かどうかは私が決めるわよっ！　ピヨちゃんの時は隠したくても消えてくれなかったくせに、なんなのよっ！」

リリアが不満げに近くの木に当たっている。

試しに九階層に戻ってクロを召喚してみると、きちんと姿を現した。

でも、召喚中はＭＰを消費し続ける上、リリア自身のステータスが若干下がってしまうそうだ。

脱力感や倦怠感《けんたい》のようなものを覚えたので、そのことにはすぐに気づけたらしい。

試しにクロに戦闘に参加してもらうと、愛くるしい見た目からは想像もつかないほど……強かった。

同じケットリーパー相手に圧倒していた……というか、相手がウットリした様子で動きを止めており、その間に一方的に殴りつけていたように見えた。

何回か戦ってもらったが、いつも敵が動きを止めるわけではなく、三回に一回ほど止まる。

これは『気品あふれる毛並み』の効果なのだろうか。

まぁ、普通に戦っていてもレベル差が大きすぎて、全く苦戦していなかった。魔物に対する魅了のような効果はオマケみたいなものだな。

これでもっとダンジョン攻略が楽になる、と思ったのだけど。

「戦闘のためだけの召喚……かぁ。なんだか可哀想だし、解放してあげたほうがいいのかなぁ？」

ケットリーパーを撲殺していくクロのそばで、リリアは悩んでいた。

村や安全地帯で召喚できないのなら、クロは一日のほとんどを『どこか』で待機させられて過ごすのではと言うのだ。

どこかってどこだろう？

インベントリのアイテムみたいに、世界樹が預かっていたりするのか？

「うーん、そうだとしてもしばらく様子を見てみればいいんじゃない？　クロはリリアから離れたくないって思ってるかもしれないしさ」

召喚した時に楽しそうにしているなら、それでいいんじゃないかと思う。

そもそも……リリアには言わなかったけれど、スキルが具現化しただけでクロには意思なんてないのかもしれない……

「そうねっ、今も別に嫌そうにはしていないし。しばらく一緒でもいいよね？　クロっ」

『ナーーーっ』

……今の鳴き声は肯定の意味でよかったのか？

再び十階層へ戻ってくると、用事を済ませたテセスと寝ぼけ眼《まなこ》のコルンがいた。

「ふぁあむっ……んー、何かわかったのか？」

欠伸《あくび》を噛み殺して、コルンが手を口に当てながら言う。

リリアはスキルの効果と、あまり使用するつもりがないことを説明した。

やはりスキルの性能差を知ってしまうと、嫉妬《しっと》心でも湧いてくるのだろう。コルンだけでなく、テセスも少々羨ましいみたいだった。

「リリアちゃんは凄いなぁ。今日は女将さんと新しい料理の試作をしてたんだけど、上手くいかなくてね」

自分はまだまだ新しいスキルは得られそうにないと言うテセス。

「ホント、【料理】スキルなんてものでもあったらなぁ……って思っ……」

そこで言葉を切ったテセスは、しばらくの沈黙の後、みんなに聞いてくる。

「ねぇ、【料理】スキルがもしもあったとしたら、持っていたほうがいいのかなぁ？」

「え？　そりゃあ、美味しいご飯が食べられるなら……って、もしかして？」

テセスの不思議な言動に、僕はピンときた。

以前リリアが【マスター召喚】を習得した時のことを思い出して、テセスも今まさにそんな状況になっているんじゃないかと思ったのだ。

そのことにリリアも気づいたらしい。

コルンだけは首を傾げていたが、説明をするでもなく三人で話が進んでいく。

「はは～ん……テセスも新しいスキルを習得できちゃったわけね？　それで、【料理】スキルでセンのことを懐柔《かいじゅう》してやろうと」

「そんなこと考えてないわよっ！　でも、本当に習得しちゃって大丈夫なのかなぁ？」

試しに僕とリリアが【料理】スキルという発言をしてみたのだが、特に何かが起きる様子はない。

特定の条件を満たさないと、習得画面は出てこないのだろうか？

とにかく、せっかくのチャンスなのだから習得しないわけがない……と思ったら、テセスは『いいえ』を選んでいた。

「どうしてっ？」

「もしかしたら、他のスキルも習得しようと思ったらできちゃうのかなって」

試しに【合成】【召喚】【赫灼一閃《ミスティルテイン》】の習得を試みると、前者二つはテセスの予想通り習得可能であった。

だが、コルンの固有スキル【赫灼一閃《ミスティルテイン》】に限っては無理だった。

それを聞いたコルンは、息を吹き返したように喜んでいる。

「やっぱり俺のスキルはスゲェんだな」

とりあえずコルンは放置して、テセスは【料理】スキルを習得した。

同じスキルを複数人が持っていてもあまりメリットを感じないからと言っていたが、習得した途端に他のスキルは習得できなくなったみたいだ。

まぁでも、せっかく見つけた未知のスキルなのだから、ぜひとも取っておきたかったし、後悔はしてないみたい。

スキルは啓示の儀式でしか授かれないと思っていたけれど、レベルが上がったり、何かに習熟したりすることでも習得できるようだ。

そこまでの域に達する人なんて滅多にいないから、知られていないのかもしれない。

僕は僕で、こっそりと他のスキルが取れないものかと試してみた。

中には習得可能と出てきたスキルもあったけれど、もっといいスキルがあるかもしれないと思うと決めきれない。

それに、今はまだ【マスター合成】のスキルも使いこなせていないのだから、やめておこう……

新しいスキルが習得可能であるならば、一度ヤマダさんに相談してみるべきだとも思う。ダンジョン攻略に必要なスキルだってあるかもしれないし。

スキルについては、おいおい考えていくことにしよう。

気を取り直して、僕は合成を行うことにした。

これから十階層より下の階層へと向かうにあたって、僕たちの防具も強化したいと考えていたのだ。

魔銀《ミスリル》の防具は確かに強い。だけど、防御力は強化しまくっても『50』がいいところ。

ヤマダさんと会った時にこっそり見たのだけど、『防御力＋２０００』とか『状態異常無効化』といった、トンデモ性能な装備を身につけていたのだ。

何をどうしたら、あんな装備ができ上がるのか？

いや、宝箱から入手したと言っていたし、ヤマダさんが作ったわけではないのだろう。

「またえらく大量に集めたもんだな」

僕の取り出した素材を見て、コルンが驚く。

取り出したハイラビットの毛皮は三十枚だが、これでもインベントリ内にある量の半分以下だ。

四階層のボスのドロップ品で、合成することで防具ができ上がるという素材。

これをメイン素材として、サブ素材には絡新婦《じょろうぐも》の糸、ワンダープラントからドロップした液体銀を追加して合成した。

でき上がるアイテムの基本性能はメイン素材に依《よ》る。素材が良ければ効果も高く、有益な特性がつくことが多い。

さらにリリアの【マスター召喚】と同じように、合成する時に付与する特性を選ぶことができ、それ次第で完成品の性能も変わってくるのだ。

だからクロを召喚した時に、『きっとそういうことなんだろうなぁ』という程度には、お互い気づいていた。

だからといって、まさかリリアがリスト内の魔物全部を解放《リリース》して『特性』にしてしまうとは思っていなかったけど。むやみに召喚するつもりはないという、リリアの意思表示なのだろうか？

次《つ》いでサブ素材はアイテムの性能の底上げと、特殊効果の付与が主。

今回追加する液体銀は魔法耐性をわずかに高めてくれるので、魔法を使ってくる魔物相手に有効だ。

『世界樹辞典《ワールドディクショナリー》』には特殊な組み合わせで強力なアイテムが作れると書いてあるのだけど、その素材のシルエットは、どう見ても三本の剣だった。

素材というより、剣同士の合成で製作できるのだと思う。

他にも、薬草を追加素材にすると最大ＨＰが上がったりする。一枚で『ＨＰ＋１』になるが、百枚追加しても『ＨＰ＋99』だったので、これが最大値なのかもしれない。

「よしっ、でき上がったよ」

僕は完成した防具を横にいたテセスへ渡した。

モコモコっとした見た目のそれに、リリアが真っ先に感想を述べる。

「へぇー、結構暖かそうじゃないの」

「うん、すごく暖かいわ。それに手触りもいいわよ。寒さを凌《しの》げるのもありがたいけど、これだったらオシャレな感じもするわね」

これからの寒い季節、暖かいからといって全身をただの毛皮で覆うのは違うような気がする。

僕やコルンならいいのだけど、テセスとリリアにはもっと可愛い服を着てもらいたい。

だから、素肌が出てしまう首元に巻きつけるような防具を作れないかと考え、『毛皮のマフラー』を合成してみた。

あまり着込みすぎると動きづらいけど、これだったらそれほど邪魔にならないだろう。

『火属性強化（弱）』『韋駄天《いだてん》』『光沢《こうたく》』の特性を選んでみたのだが、結果は悪くなかったようだ。

レベルが上がって、より多くの特性をつけることができたら、もっともっと良いアイテムが作れるに違いない。

3話

残ったハイラビットの毛皮で、似たような『毛皮のマフラー』を作る。

液体銀はそれほど多く入手できていないので、『光沢』の特性は入れられなかったが、代わりに『ミルク』を追加して、特性『さらさら』を付与してみた。

たったそれだけの変更で防御力は下がるし、『回避＋5』の効果も消えてしまったけど、これは武器屋や雑貨屋に卸《おろ》す分なので問題ない。

「これも手触りがいいから、きっとみんな買ってくれるわよ」

自信ありげにテセスが言う。

売り物と見た目が一緒のアイテムなら、僕たちが普段から身につけていても怪しまれることはないだろう。

ただし、買い取ってくれる武器屋の親父さんと雑貨屋の店主には僕が特殊なアイテムを作れることがバレているので、二人がこれまで通り黙っていてくれるなら、という条件付きだけど。

『毛皮のマフラー』を卸すのは自分たちが目立たないためという目的もあるが、実は、またもやお金に困っている状況だったりする。

金貨二枚もあれば十分……なんて思っていたのに、一年も経たずに使い切ってしまったのは、ダンジョン内で新しい素材がたくさん手に入るからだ。

なんと言っても、金属の消費が激しすぎることが要因。

サラマンデル湿地帯でリザードを狩って魔銀《ミスリル》含有素材を集めればいいのだが、最近はエメル村の冒険者が強くなったせいか、そこでも姿を見かけるようになって、僕たちは行くのを避けていた。

なので、冒険者がリザード狩りで入手した魔銀《ミスリル》含有素材を武器屋に売り、店の親父さんから僕が買い取るという流れになってしまっている。

お金はかかるし、冒険者の持ち帰る量はさほど多くない。

夜中にコッソリ湿地帯に行こうとも思ったが、そういう時に限って冒険者が姿を見せる。

せっかく湿地帯まで足を運んだなら、ギリギリの時間まで狩りをしたいということなのだろうか？

ともあれ、金策が必要になった僕は、どんなアイテムなら売れるだろうかと思案した。

外套《がいとう》やローブなんて、ごく一部の人しか買わないし、なるべく多くの人が寒さを凌ぐために身につけられるもの——できれば高級品とそうでないものとに分けられる、そんなアイテムを探した結果が、この『毛皮のマフラー』だったのだ。

「高級品の方も、そのくらいでいいんじゃないか？」

僕が調子に乗って、ありったけのハイラビットの毛皮を使用し終わる頃に、コルンからそんな言葉が飛んできた。

「放っておくと、また売り物にならないものばかりになっちゃうからね。品質の高すぎるアイテムが大量にあるなんて、後できっと困っちゃうよ？」

さらにリリアからはそう言って注意されてしまった。

ちゃんと毛皮を一枚一枚洗浄して高品質に……というほどのことはしていないが、それでも品質は良さそうだ。高い防御力を持っている。

実は、何度も品質の良すぎるアイテムを作って失敗しているんだよね。

魔銀《ミスリル》の剣よりも攻撃力の高い『ボーンソード』とか、パパっとふりかけるだけで周囲の人たちが回復しちゃう『いやしの雫《しずく》』とか。

『いやしの雫』って、戦闘中に使ったらアイテムがふりかかった魔物にも効果があるのか？

それに、国同士の戦争とかに使われたら凄いことになる気がする……

すでに色々なアイテムを卸している身で言えたことではないけどね。

《毛皮のマフラー：防御力＋5》

《上質な毛皮のマフラー：防御力＋12》

今回作ったアイテムはこんな感じだ。

あとは、価格設定と、より多くの村の人たちに買ってもらうことを考えないといけない。

◆　◆　◆

「アメルさん、また使ってみてもらってもいいですか？」

村に戻った僕は、新しい依頼所に出向いた。正式には複合施設なのだけど、誰もが依頼所と呼んでいるので、結局名前もそのままに……

「ええ、もちろんいいわよ。でも、本当にお金を払わなくてもいいの？　結構高そうなものばかりなのに」

「いいんですよ。アメルさんが『気に入った』と言うだけで、みんながこれを買ってくれるんですし」

宣伝のためなので、もちろんアメルさんには高級品を。ぶっちゃけて言うと、僕たちのよりも防御力の高いものを渡してある。

それ以外の高級品を数点、こちらは雑貨屋の店主に。

四階層を突破した冒険者は羽振《はぶ》りがいい人が多いから、小金貨一枚でも買う者はいるだろう。

通常のものはウルフの毛皮で作った品なので、小銀貨一枚くらいか？　これは二十個でも三十個でも用意できる。

それでも皮の籠手《こて》くらいの防御力があるみたいだし、そう考えると格安……だと思うのだが。

「そんなに性能がいいなら、武器屋の親父さんに持っていってやったほうがいいんじゃないのか？」

防御力や使った素材なんかを説明すると、雑貨屋の店主が眉根を寄せてそう言った。

売り物ならそれなりの商品説明が必要だと思って言っただけなのだが、店主は防御力と聞いて防具をイメージしてしまったみたいだ。

見た目は防寒具でしかないので、雑貨屋が適していると思ったのだけど。

「それと、この間の雨具の代金だ。それほど需要があるわけじゃないから三着しか売れてないが、えーっと……はいよっ、銀貨で六枚だな」

以前入手した、カエル――キュリオストードというモンスターの皮から作った服は、耐水・耐電気効果があって、撥水性《はっすい》も非常に良かった。

そんなわけで農作業をしている人向けに、『雨具』として販売を頼んだのだけど、あまり評判は良くないみたいだ。

《防御力＋15》という効果は高すぎて公表していいものか悩む上、『雷が落ちても安心です！』と言ったところで信じてはもらえない。

結局のところ、『水に強い！』としか言えなかった。

八着渡して、在庫が五着。やっぱり価格が高すぎたのだろう。

ちなみにキュリオストードの皮で付与可能な『毒カウンター』とかいう不穏な響きの特性は、もちろん選ばずに合成しておいた。

一番売れているのは……やっぱり下級ポーション。安いし。

ただ、中には容器の小瓶目当てで買う人もいるみたい。

空き瓶って、ある程度溜まったら雑貨屋で回収してもらうのが普通なんだけど、僕が作った小瓶は特に女性を中心に花瓶代わりに使われているらしい。

それならまだいいが、中には僕の作った小瓶に水を入れて、他の街で『若返りの薬』などと言って詐欺行為を行う者もいるのだとか。

瓶が綺麗だからと騙される人がいるそうなので、これは問題だなぁ……

「ありがとうっ、また何か作ったらお願いね」

「おうよ、センの頼みならいくらでも聞いてやるぜ。お前さんがいなけりゃ、俺の店は潰れてたかもしれんからな」

店主が言っているのは、勇者一行の騒動の時のことだ。

ちょっと前にエメル村に勇者がやってきたのだが、そのお付きの兵士たちは、国への献上という名目で村の店に対して略奪まがいのことを行った。

そこで僕たちは、『魔王って人から預かった』と言って、被害に遭《あ》ったお店に手持ちの素材やアイテムを渡して回ったのだ。まぁ、預かったなんて嘘だとバレているのだけど。

そもそも、僕とリリアが作ったアイテムが原因でエメル村は国に目をつけられてしまったわけだし、僕としては罪滅ぼしのつもりだった。

「ははっ、大袈裟だよ。それにあれは……」

「そうだったな。マオーさんにもよろしく言っといてくれ」

国の兵士たちは、さすがに人目の多い中では略奪行為はできないようで、この複合施設に移転した後はピタリとやんだ。

ただ今度は、僕たちが魔族に肩入れしているようだと王様に報告したらしい。

最近は調査目的と称して冒険者たちを拘束したりするものだから、そちらはちょっと対応を考えなくちゃいけないと思う。

ちなみに村人にとってのダンジョンは、資源が大量に採れるし、魔物も中から出てこないから、今のところそこまで危険ではないもの、という認識らしい。

なんか……エメル村の人たちって、すごく強いと思う。メンタルが。

店主とマフラーのやり取りをしていると、急に勇者が依頼所にやってきた。

あまりに突然で、僕は思わず持っていたマフラーを一つ、後ろ手に隠してしまった。

「……ん？　今何を隠した？」

魔銀《ミスリル》装備に身を包んだ青年、勇者アステア。

心なしか最初に見た時より雰囲気が変わった気がするが、銀髪に深緑の目、なによりもバリエさんに売ったはずの魔銀《ミスリル》の剣を脇に差している者を、僕が見間違うはずがない。

……隠すのを見られたが、そのあと、焦ってインベントリに片付けてしまったことには気づかれていないらしい。

僕は改めてインベントリからマフラーを出し、勇者に見せる。

悩んだのだが、普通の毛皮のマフラーよりも高級なほうが隠した言い訳をしやすい気がして、そちらに替えた。

「貴様、なぜこれを隠したのだ？」

先ほどより口調がキツくなり、以前のオドオドした感じは見られない。

何かが勇者の性格を変えたのか、それともこちらが素の性格だったのか？

「ぼ、僕みたいな駆け出しが、こんな高級な防寒具を買ったなんてバレたら……きっとみんなに生意気だって言われるんじゃないかと思って」

そんな言い訳をしながらも、なんだかちょっとだけ苛立《いらだ》ってしまった。

噂では、勇者は去年啓示の儀式を受けたばかりの少年。つまりは年下だ。

僕だって一人前とまでは言えなくても、彼よりは先輩だしスキルレベルも上だと思う。

……そういえば勇者って、どんなスキルを持っているのだろう……？

「そうか。だがそのアイテムは強い。それを身につけていれば、貴様でもウルフの一匹や二匹くらいは倒せるだろう。せいぜい頑張るがいい……」

「あ、はい……」

なんだか圧倒されてしまい、力なく返答する僕。

あれ？　仲間たちにしか防御力のことは言っていないハズなのだが、なぜ『強い』とわかったのだろう。

もしかして、勇者はアイテムの強さがわかるとか？

僕が端に避けると、勇者は雑貨屋でいくつかのアイテムを購入して出ていった。どうやらダンジョンへ向かったようだ。

勇者がダンジョンへ入るのはこれで三回目くらいなのだが、いずれも七階層は突破しているという。スケルトンやグールのいる八階層を抜け、ケットリーパーのいる九階層へたどり着いたら、リリアの【マスター召喚】も怪しまれることになってしまうけれど……

「……ま、そんなに早くは突破できないよね？」

一人で呟いて、依頼所から出て十階層へと転移した。

◆　◆　◆

「もうさぁ、今度から村に来る前に追い返しちゃう？」

十階層で合流したリリア、テセス、コルンに勇者が村に来たことを報告すると、リリアからそう提案された。

ケットリーパーのクロを召喚し、村に来ようとする勇者御一行を追い返すという作戦。

勇者たちは村の中ではなく、少し離れた場所に転移してから徒歩で入ってくるので、それは可能ではある。

直接村に転移してこないのは、急に目の前に現れて村人を驚かせるのは避けたいという気持ちもあるのだろう。

……と、村の皆は言うのだけど、それだけ気を遣ってくれるなら、いっそ村に来ること自体をやめてほしい。

リリアの勇者を追い返す案は、実行したところで村に直接転移されるようになっては意味がないので、当然却下した。

「じゃあ、転移のアクセサリーを破壊してやるわよ！」

確かにそれはいい案かもしれない。

だけど、勇者なら転移の魔法媒体くらい、すぐに作れる気もするな。

「いや、村の外で待ち伏せして倒しちゃうのはどうだ？」

突然、コルンがとんでもないことを言い出した。

4話

「はっ倒して、これでもかってぐらい痛めつけて、もう村にちょっかいを出せないように……」

「いやいや、そんなことしたら余計に村に迷惑がかかっちゃうよ」

あまりのとんでもも発言にビックリした僕は、コルンの言葉を遮ってそれを否定した。

ユーグから『勇者』は世界の救世主となる存在だと教えてもらったのだし、それが事実だろうが間違っていようが、一定数の信者はいる。

「救世主と国を相手に喧嘩を売るってことよね」

テセスも僕と同じ心配をしているようで、首を捻《ひね》っていた。

「いいじゃねーか。全員ぶっ飛ばして、俺たちが正しいんだって教えてやれば」

「馬鹿ね、コルンは。センとテセスは村へ報復されないか心配してるのよ。だったら、ダンジョンでクロを召喚して倒してもらったほうがいいわ。それなら私たちの犯行だってバレないじゃない。ね？　セン」

え？　あ、いや、そんなことは考えていなかったのだけど。

ちょっとリリアの雰囲気が怖くて、『違うよ』とは言い出せなかった……

コルンはリリアの案に賛同して盛り上がっているし、テセスも『それならいいかも』と言っている。

「でもここじゃあ召喚できないからさ、やるんだったらケットリーパーのいる九階層よね。勇者はもう七階層を突破したんでしょ？　行ってみましょう」

僕が何も言えないままどんどん話は進み、結局、テセスを除いた三人で八階層の終わり付近で様子を見ることになった。

人数が少ないほうがバレにくいだろうということと、テセスは新しく習得した【料理】スキルを試したいとのことで、十階層に居残りである。

止めてくれる気配は全くなかったので、僕が間違っているのかと心配になってしまう……

『勇者とともに世界を平和に』

そんな風にユーグに言われたと思うのだが、八階層でリリアとコルンが楽しげに待ち構えているのを見ると、頭が混乱してくる。

時々、周囲からスケルトンやグールが現れるけれど難なく倒し、勇者が来るのを今か今かと待ち構えていた。

僕の手書きのマップによると、ここに来る道は一つだけ。

その方向のみクロに見張らせて、あとは適当に魔物を退治し続けている。

魔法では目立つからと、弓で魔物を退治するコルン。そして勇者を警戒するリリア。

僕はハラハラしながら見守るばかりだ。

「来たっぽいよ。誰かを見つけてクロが戻ってきたわ」

こんな奥まで来られる冒険者はまだ村にはいないはずだから、おそらく勇者で間違いないだろう。

「じゃあ、見つからないうちに下の階層に行かなきゃ。コルン、行くよっ」

「おっ、もう来たのか？　今行くよっ……と」

矢を放ち、迫っていた一体のグールを倒してからコルンもまた九階層への道を進む。

ダンジョンの九階層、そこにいるケットリーパーは黒猫の魔物。

最初に来た時は魔物の相手は最小限にして、とにかく安全に早く着こうと十階層を目指していた。

でも、改めてやってくると色々と違ったものが見えてくる。

たとえば、ケットリーパーとは別のもう一種類の魔物。クロケットモールは地中を移動する、黄金色のモグラのようなやつだ。

かなり硬そうな地面なのに平然と割って出てくるし、ダンジョンもまたすぐに地面を修復しちゃうので不思議としか言いようがない。

使う技は混乱効果のある怪音波。これは歌にも聞こえるが、魔力を乗せた音の波といったものだとか。

あとは『会心の一撃が出やすい引っ掻き攻撃』らしいのだが、クロケットモールが地中から完全に出てくることは今のところないので、この攻撃は見たことがない。

どちらも『世界樹辞典《ワールドディクショナリー》』に載っている説明で、ヤマダさん監修なだけあってたまに意味のわからない言葉があるのが難点だ。

この九階層の魔物素材は、『マタタビフルーツ』とかいう果物と、『じゃがいも』……なんでじゃがいも？

とにかく、使えそうなアイテムがいっぱいであることもわかった。

ただ、今は素材集めどころではないので、通路の奥まで下がって勇者を待つ。

「クロ、この階層から先には行かせちゃダメだからねっ！」

『ミャッ！』

リリアは、他の個体よりもいくぶんか毛並みのツヤツヤした黒猫にそう言って、勇者の来るであろう方向に走らせた。

僕たちは三叉に分かれた通路で様子を窺《うかが》っていたが、しばらくは声も聞こえてこない。

次第に魔物との戦闘音が聞こえてきて、どうやらクロ相手に勇者たちは苦戦しているようだった。

「くそっ、一階層下っただけで魔物がこれほど強くなるとは！」

姿は見えないが、勇者と思《おぼ》しき声が響く。

数度の攻撃音の後に、『ここは一旦引きましょう！』という兵の声も聞こえた。

上手いこと追い払うことができそうで安心したが、気になったのは『クロケットモールか、厄介な魔物だ』という一言。

それって、つまり――

通路の奥から黒猫が一匹、こちらに顔を覗かせた。

まるで『僕が出るまでもなかったみたいニャんだが……』とでも言いたげだ。

「なぁんだ、ただ魔法が不得意で苦戦してただけかぁ」

リリアが九階層の魔物を倒しながら呟く。

クロケットモールは水に弱く、ケットリーパーは風に弱い。

僕たちは一度でも魔物を倒したら『世界樹辞典《ワールドディクショナリー》』でそれを調べることができる。特に前者については物理耐性が高いことも載っていた。

勇者たちだって、色々な属性の魔法を試せばすぐに気づけるはずだが、きっと相性が悪かったのだろう。

「おかえり。勇者はどうだったの？」

テセスの待つ十階層に戻ると、食事が用意されていた。野菜炒めとスープだ。

「うん。なんか普通に魔物に苦戦してて、私たちが何もしないうちに引き返しちゃった。せっかくクロが活躍できると思ったのにねぇ」

『ミャ〜』

クロは一鳴きすると、ポンッと姿を消してしまう。

「そうだったんだ。じゃあまたすぐに来るかもしれないね」

話もそこそこに、せっかく作ってくれた料理が冷めないうちにと、僕たちは食事にすることにした。

料理をするテセスなんて昔は想像もつかなかったが、まさかスキルを習得するくらい、のめり込んでいるとは思わなかった。

とね屋の女将さんほどではないけれど、十分美味しいと思う。

できたら味付けはもう少し濃いほうが良かったが、それは調味料を持ってこなかったかららしい。

自分の家で料理することがなかったため、調理器具すら持ってなかったみたい。

さすがにとね屋から借りてくるわけにもいかないし、買いに行かなければと言っていた。

しかし、調味料や調理器具がないのに、どうやって野菜炒めとスープを作ったのだろうか？

器は僕とリリアが合成した『小瓶』という名のボウル形状のものが使われているが、むしろそれしか見受けられない。

「この料理って、どうやって作ったの？」

素直に『美味しいよ』とだけ言えばよかったのだろうけれど、つい気になると聞いてしまうのは僕の悪い癖だ。

「え？　ごめん、何か変なものでも入ってた？」

そんなつもりで聞いたわけではなかったが、僕の一言でテセスは不安になり、それを耳にしたリリアも質問する。

「なになに？　これって普通の食材じゃないの？　すっごく美味しいんだけど、もしかしてグールの『腐肉』だったり？」

ついさっきまでそのアイテムを見ていたから出た発言だろうか？

さすがにそれは使われていない……と、信じたいが。

腐肉の一言でコルンが噴き出してしまい、場は大変なことになっていく。

『美味しければ素材がなんだっていいじゃない』とリリアは言うが、その発言だと腐肉が使われているのだとも捉えられそうだ。

慌てふためくテセスと僕。

テセスは何度も謝るが、悪いことなど一切していない。変な聞き方をした僕が悪かったのだ。

まぁリリアの発言も問題ありだったが、グレイトウルフでもグールの腐肉でも試してみようという彼女のことだから、全く悪気はなかったのだろう。

落ち着いてから改めて素材の話を聞くと、なんの変哲もない普通の食材だった。

「ごめん。僕が気になったのは素材じゃなくてさ、焼いたり煮たりってどうやったのかな？　って思って」

「なんだぁ、そうならそうとハッキリ言いなさいよね」

リリアに怒られてしまったが、僕は『リリアはハッキリ言いすぎなんだよ』と心の中で呟いた。

【料理】スキルの使い方は、別に難しいものではなかった。

僕とリリアの持つ【合成】スキルと同じく、素材同士を合わせて一つの料理にするだけのこと。

僕たちはアイテムや武具が作れるが、テセスは料理が作れる。それだけの違いらしい。

「インベントリの中を見ながら、この素材とあの素材でこんな料理ができるなぁって考えると、スキルを使うことができるのよ。前にセンが教えてくれた、メインとサブって考え。あれのおかげで凄くわかりやすかったわ」

テセスは、メイン食材とサブ食材、そこに調味料と調理工程をイメージしてスキルを使ったらしい。

僕が頑《かたく》なに所持を拒否した腐肉もテセスは持っていて、それも使おうと思えば使えるそうだ。

僕の【合成】スキルで同じことをやってみようとしたけど、選んだワイルドボアの肉には何の変化も起きない。

「セン、今自分にもできないか試してみたでしょ？　ざんねーん、すでに私が挑戦済みよっ」

リリアもノーズホッグの肉を持ち帰った際に実験したらしく、色々と試した結果、『集魔《しゅうま》の香《こう》』という魔物を集めるアイテムしか作れなかったそうだ。

今だから効き目もアイテム名もわかるけれど、完成したアイテムを使ってみた時は、効果の程がわからなかったらしい。

そういえば以前、コルンに『ノーズホッグがちょっと多い気がする？　弓の練習するのにはちょうどいいじゃないのよ』なんてリリアが言っていた記憶が蘇《よみがえ》ってきた。

しかし、それとは別に僕はテセスの発言の中に気になる言葉があった。

『インベントリの中を見ながら』――料理用の素材をインベントリから出そうとすると、一つや二つではない。五つ六つは当たり前だろうし、それを並べるのも大変だろう。

「もしかして、【合成】スキルもインベントリの中で作れるんじゃないかな？」

「え？　あ、そっか。私もそれは試したことなかったわ」

木材に金属、魔物素材だと大きいものでは一メートルを超える大きさ。

部屋ではなかなか試せなかった大きな素材も、インベントリ内で合成できるのなら問題ない。

それに、『世界樹辞典《ワールドディクショナリー》』に載っている場所も手間がかかりそうなアイテムでも、取り出して並べる必要がなければ生み出せそうだ。

「ちょっ、ちょっと私試してみるっ！」

ちなみにリリアの【合成】スキルでは、魔物素材でもボスから得たものは扱えない。

それができるのは僕の【マスター合成】で、さらにいえば特性を付与できるのも【マスター合成】の特権だ。

僕はインベントリ内で合成できるのか確かめてみた。

結果は……成功だった。

手軽だし、でき上がったアイテムの名前なんかが面白かったので、余っている素材を合成してみる。

その数分後には、じゃがいもから作った《ポテトボム：攻撃アイテム・威力20》がいくつもインベントリ内にあった。

特性も色々あったが、特に『はじける旨さ』をつけたら攻撃アイテムから回復アイテムに変わったのは面白い。

投げると一定範囲に回復効果がある爆弾なんて、変なアイテムだ。

三人に見せたら、テセスからは『食べ物で遊んじゃダメだよ』って怒られた。

でもまぁ、作っちゃったものは仕方ないから、大いに活用させてもらおう。

5話

「ねぇ、今日も勇者が来てるわよ。最近ちょっと来すぎじゃないかしら？」

勇者はいつものように村の外に転移してきて、そこから徒歩でエメル村へ。

それにいち早く気づいたリリアが、依頼所に来て僕とアッシュの雑談に割って入る。

雑談といっても、まぁ【合成】スキルに関することなのだけど。

『何か必要そうなアイテムある？』とか『村の依頼で役に立てそうなことあるかなぁ？』とか。

他にはアメルさんとの関係の進展なんかを聞いてみたりするけど、忙しくてそれどころじゃないみたい。今も交代で休憩をとっているくらいだし。

「また勇者か。地図作成には大いに助かってるんだが、他の冒険者たちが……な」

アッシュに言われなくとも気にはなっていた。

以前に比べると、明らかに冒険者の数が減っているのだ。

理由は様々で、兵に難癖をつけられて持ち物を没収されたり、魔物の情報を聞き出すために詰め寄られたり。

中にはそれに文句を言った冒険者もいたが、アッシュがその場を収めなければ危うく反逆罪で捕まるところだったとか。

オドオドして気弱という最初の印象は吹き飛び、勇者という名を振りかざしてやりたい放題しているようにも見える。

一度来たことのある階層へは入り口の転移石から一瞬で移動ができるため、毎回到達した最下層へひとっ飛びらしい。

素材集めをしている風でもないので、目的はダンジョンの最下層なのだろう。

もしくは、ダンジョンという未知の場所を調査するとかいう名目なのかな？

とにかく勇者が再びやって来たということは、九階層の魔物対策ができたということだ。

強力な魔法媒体を入手したか、コルンみたいに物理攻撃でゴリ押しする気なのか。


「で、やっぱり待ち伏せするんだね？」

コルンもやって来て、リリアと僕の三人で再び九階層に。

「あったりまえじゃねーか。今日こそはギャフンと言わせて、二度と来れねぇようにしてやろーぜ！」

「そうね。ドロップ品は全部持ち帰っちゃうし、冒険者が怖がって村から離れていくし、全然いいことないんだもん」

せめてドロップ品を依頼所に納めてくれれば、その手数料で村が潤《うるお》って、村の施設の補修依頼なんかも出すことができる。

魔物からのドロップでも欲しい者は大勢いるのだから（主に僕かもしれないけれど）、依頼所としてはどんどん買い取りたいものなのだ。

勇者はお金には困っていないようだし、冒険者として動いているわけじゃないから納品する気はさらさらないと見える。

そんなことを話しながら待ち構えていると、勇者の気配を感じた。

装備品の擦《こす》れる音に、何かを斬ったであろう剣の音。あとは、魔物に避けられて剣が地面に当たったのか、カキンという金属音も聞こえた。

しばらく待つとゆらゆらと光が動き、薄暗いダンジョン内で人影がハッキリと見えてくる。

「来たぜっ！」

「行ってらっしゃいクロっ！」

『ミャウッ』

クロまで小声になって会話をするなんて、どれだけ賢いのかと思う。

周りに合わせるのが上手いのか、リリアから生まれているから考えが一緒なのか。

クロは勢いよく飛び出して、出会い頭《がしら》に鋭い爪を振り抜いて威嚇《いかく》した。

『ミャッ！』

「うおっ!?　く……くそっ、ファイアーランス！」

奇襲を受けた勇者は反撃の魔法を放ったのだが、それが直撃した当のクロは『ミャッ』と鳴きながら軽快なステップを踏んでいる。

ダメージは……ほとんどないようだ。

さらにクロは接近し、勇者の首についていた転移のアクセサリーを瞬時に破壊する。

全く無駄のない動きだ。

そしてよく考えたら装備品に頼るのって怖いかもしれない。

強い装備に身を包めば当然強くなるけれど、素の自分は変わらないのだ。

普段からいつも強い装備を身につけているわけじゃないし、僕も今だって『これが最強！』ってものではなく単に動きやすい格好をしているだけ。

装備が整っていない時に危険な目に遭って、命を落としてしまう可能性もある。

やはり自分自身を鍛えないとダメだな、なんて考えているうちに、クロは勇者の剣を弾き飛ばした。

バリエさんに売った魔銀《ミスリル》の剣が、僕たちの足元まで飛んでくる。

しかも後ろにいた兵は怖くなったみたいで、尻尾を巻いて逃げ出してしまった。

さらに追い討ちをかけるように、クロは勇者の身ぐるみを剥《は》いでいく。

勇者も負けじとインベントリから攻撃アイテムや回復薬みたいなものを出しているけど、仰向けに倒されて押さえつけられているのだから、まともに使えるわけがない。

小さな黒猫に、なす術《すべ》のない勇者。

助けたほうがいいかと迷ったが、今出て行ったらどういう風に見られるのだろうか？

リリアはあれでも一応手加減してやっているとは言っていたけど、心配になってしまう。

「ねぇリリア、あれ、どうやって終わらせるの？」

「うーん、私も悩んでいるのよねぇ。急に魔物が逃げ出すのもおかしいし、今出て行ったら、私たちが勇者よりもダンジョンの奥にいたってことがバレちゃうじゃない？」

クロにもまた、そんなリリアの思いが伝わっているのか、殺さず逃さずの状態を保ち続けている。

理想としては、最初にアクセサリーを破壊して力の差を見せつけた時点で、勇者に撤退してほしかった。

それがどういうわけか、装備を剥ぎ取られ、仰向けで押さえつけられている勇者ができ上がってしまったのだ。

そしてこの膠着《こうちゃく》状態である。

「ちょっと、普通の魔物も来てるよっ。早くなんとかしないと危ないよ」

「あっちにもいるぜ、なんとかモールってやつだ」

「わ、わかってるわよ。魔物くらいならクロで対処できるから、ちょっと待ってよ」

僕とコルンの言葉に若干焦り始めたリリア。

やりすぎたことは自覚していても、うまい切り抜け方が見つからないようだ。

「もうこうなったら、普通に助けるフリをすればいいじゃん。これだけやっちゃったんだから、バレたって仕方ないよ。別に殺されるわけじゃないだろうしさ」

僕は観念した。

それに、もともと勇者とはちゃんと対話して、仲間になってもらうつもりだったのだし。

なぜか追い返す流れになっちゃっていたけれど……

クロは近寄ってくる魔物をことごとく瞬殺する。同種族のケットリーパーだろうとお構いなしだ。

ただ、それでも絶対に勇者を逃しはしないのだから、勇者とのレベル差はかなり大きいのだろう。

まるで『僕の獲物を横取りするニャ』とでも言っているかのような振る舞いだ。

「うー……そうよね、別に殺されるわけじゃ……いや、殺されるくらいだったら殺しちゃうのも……あ、そうだ！」

殺すだの殺されるだの不穏な言葉を連呼するリリアはちょっと怖い。

しかもそれで何かを思いついたっぽいから余計に恐怖が高まる。

「リリア、俺は殺人は嫌だからな」

横にいたコルンも、リリアの不穏な雰囲気は感じ取ったようだ。

僕も殺人はしたくない。このダンジョンの一階層でたまたま襲われた時も、相手を殺さずに逃したくらいだ。

思い出すのはその時の強盗集団のこと。

今、犯人たちはアッシュの代わりに村の依頼をこなしている。

冒険者たちがダンジョンに夢中で人手不足だったから、指名依頼と言いつつ雑務を押し付けてやったのだ。

報酬が良いからだろうか、全然嫌がらずにこなしているらしい。

本当に処罰なしで良かったのか、僕たちのことをバラさないかと心配していたのだが、アッシュが何か釘を刺してくれたのか、今のところ特に問題はない。

それで……だけど。

さすがに勇者にそういう扱いができるわけがないし、加えて僕たちのことを村の人や国王などに言いふらされたくもない。

「助けて仲間に引き入れちゃいましょう。それっぽい設定を考えるから、ちょっとだけ待っててちょうだい」

今にもクロが勇者を喰い殺しそうな勢いになっている中、リリアは頭を捻り、勇者救出のシナリオを考えていたのだった。

◆　◆　◆

僕――アステアがダンジョンに潜るのは何度目だろう。

八階層まではそれほど苦戦しなかった。グールには斬撃が効くし、スケルトンには打撃が有効みたいだ。

エメル村で手に入れた魔法媒体は、魔力の消費が少なく使い勝手は良かった。

だが威力は普通で、バリエさんから預かっている剣のほうがまだ強い。

バリエさんは上司に、剣を持つに相応《ふさわ》しくなったらギルド長就任、そしてその時に結婚式も挙げてやろう……と言われたとか。

恵まれているよ、バリエさん。僕もそういう幸せな人生を歩みたかった。

それと、ごめんなさい……剣はしばらくお返しできそうにないです……

僕の父は先月殺されてしまった。

勇者の僕を国に引き渡し、大金を得たはいいが、それと引き換えに母は愛想を尽かして出ていった。

父は荒れて酷い生活を送った挙句《あげく》、酒に酔った勢いで街の外に抜け出してダンジョンに向かい……魔物に殺された。

馬鹿だとは思うが、それでも僕の親だ。父の命を奪った魔物を憎く思うし、そもそも魔族や魔物さえ存在しなければ、僕が勇者の使命を負うことも、母が出ていくことも、父が亡くなることもなかったのにと考えてしまう。

僕の得たスキルがあれば、魔族や魔物に復讐することだって容易《たやす》い。

そう思っていたのに、実際はどうだ。手強《てごわ》いとは思ったが、決して力で劣っていたつもりのないクロケットモールからは万全を期すために一時撤退。

兵は僕よりもずっと弱く、戦力にならない。

数で押されては危険性がグンと増してしまうので、退却は仕方なかった。

そして二度目の挑戦。今度こそと思ったのに、圧倒的な強さのケットリーパーに、なす術もなく蹂躙《じゅうりん》されてしまった。

転移魔法の使えるネックレスは真っ先に破壊され、剣も失う始末。

そして今、僕を食べるためなのか、鎧や籠手《こて》までもケットリーパーによって外されている。

どう見ても理性のある動きで、他の魔物とは一線を画しているが、きっと城で教わった希少種とかいう奴だったのだろう。

……黒猫一匹が乗っているだけだというのに、まるで大岩に押し潰されているような感覚だ。

徐々に体力を削られていて、きっともう助かりはしない。

荷物を持たせていた兵は逃げたし、こんな奥深くの階層まで来る冒険者もいやしないだろう。

すごく……時間がゆっくりに感じる。

もう十分以上はこうしているのではないか。

このケットリーパーはジッとこちらを見つめていて、時間が止まっているような感覚に陥《おちい》る。

しばらくして、ようやくその鋭い爪が僕の喉元に突き立てられた。

もう『痛い』という感覚すらない。

やっと、このふざけた人生から解放されるのか。

なぜ魔族と戦わなくてはいけないのだ。

国で勝手にやればいいだろう。僕を巻き込むな。

こんな目に遭わせた国が憎い。

父の命を奪ったダンジョンが憎い……

全てを消し去ってくれる『神』は存在しないものか……

そして僕の意識はプツリと途切れてしまった。

6話

「ちょっと、鈍い音が聞こえたけど、もしかして……」

「そんな話は後よっ！　入り口側の通路に急いで向かうわよっ！」

僕が焦って声を上げると、リリアは突然駆け出し、一人で勇者のいる方向へ進む。

その後を、僕とコルンが追いかけた。

「どういうことだよ、リリアっ」

「説明は後っ。それよりもあんたたち、二人とも神の遣いってことでヨロシク！」

神の遣い？　それがリリアの考えていた『設定』とかいうものだろう。

じゃあ、もしかしてリリアがやろうとしていることって……

「ちょっと！　こんな時に魔物なんか湧かなくたっていいわよっ！」

リリアは急に現れたクロケットモールに水魔法を放つ。

そして倒した魔物からドロップしたじゃがいもには目もくれず、先を急いだ。

とはいえ、じゃがいもを踏んづけて転んだら危ないので、僕はインベントリに片付ける。別に欲しいわけではないけれど、食べ物を粗末にしちゃいけないかなと思ったし。

「そんなに慌てなくたって大丈夫」

リリアの前に突如現れたのは、黒衣装の少女ミア。

ヤマダさんの部下で、僕たちの戦いぶりや成長を観察し、ヤマダさんに報告している。

いきなりの登場は驚くから勘弁してほしいものだけど、今もやっぱり監視は続けているようだ。

「……けっこう無茶苦茶な考えね。別に殺さなくたって『睡眠』の状態異常で十分。それに、そのアイテムは『課金アイテムくらい貴重なんだから無駄遣いするな』って魔王様が言ってる……使っちゃダメ」

リリアに追いついた僕は、その手にリバイヴポーションが握られていることに気づいた。

追い詰められたリリアは、勇者を一度殺してから生き返らせ、何かのシナリオを演じようと考えたのかもしれない。

それに気づいたミアが、ギリギリのところでクロの攻撃を止めて、勇者を眠らせるアイテムを使った、ということらしい。

「ふふっ、それにしてもあなたたちやっぱり面白い。魔王様が気に入ったのもわかる気がする」

黒いフードの下からは、笑みを浮かべたミアの口元だけが見えている。

少し落ち着いたところで、ふと思う。

僕の知っている限り、リバイヴポーションを入手したのは一度きりで、使ったことはない。

その一本をリリアが持っていただけではあるけれど……

「もしかして、勇者で効果を試してみようとか……」

「お、おお思ってなな、ないわよっ」

動揺したり緊張したりしたリリアは、声が震えることが多い。

ヤマダさんから『リリリア』なんて揶揄《からか》われるのも、そのせいだ。

「やっぱり試そうとしたんだ」

僕は苦笑して言った。

きっと、今後はリバイヴポーションを使わなくてはならない場面にも出くわすだろう。

そんな時にパニックにならないために、一回くらい使ってみたほうがいいかも……と考えたと、リリアは認めた。

それを聞いて、いつも通りのリリアだとちょっぴりホッとした。

ダンジョンに上位スキル、世界樹と竜に勇者と色々ありすぎて、僕は正直今でも戸惑っている。

目立ちたくないけれど、世界のためにはお金も力も、それに様々な経験だって必要だ。

「やっぱりリリアのそういうところ、好きだな」

「何よ？　こんな状況で唐突に告白されたって、ときめかないわよ」

「あ、いや、楽しそうでいいなって」

「告白を否定されちゃったよ……まぁそれはそれで残念だけど、私はいつだって真剣なだけよ。センだってスキルを使っている時は周りが見えてないじゃないの」

その真剣で前向きなリリアが楽しそうで羨ましい。

でも、そっか……僕も【合成】スキルを使っている時はすっごく楽しかったっけ。

「……もうじき勇者が起きる」

眠りの効果はそれほど持続せず、じきに目を覚ますとミアは言う。

みんなで様子を見ていると、装備をひん剥かれた状態の勇者は確かにすぐに目を開けた。

まだ意識がぼんやりとしている風ではあったが、起きたには違いない。

「あ、あれ……？　生きている……」

「ん、気がついた。気分が悪いみたいだし、ポーションでも飲ませたらいい。ある？」

「あっ、うん。はいこれ」

僕は言われるままインベントリから中級ポーションを一つ取り出して、ミアに渡す。

ミアはそれを受け取ると、『これなら十分』と言って、その小瓶を勇者の口元へ近づけていった。

上体を起こした勇者の口元に無造作に小瓶を突きつける姿は、到底看病などといえるものではない。

義務で嫌々やらされているようにすら見える。

「なっ⁉　やめろっ！」

その黒衣装と仕草に驚いたのか、『パァン』と手を叩く音とともに小瓶は宙を舞い、ミアのフードにぶつかって落ちた。

「大丈夫っ？」

リリアが近づいてミアのフードを脱がす。

ミアは一言も発していなかったが、女の子の顔に傷でもついたら大変だ。

褐色《かっしょく》のミアの肌には、特にキズらしいものはなく、リリアもホッと息をつく。

「ちょっと勇者さん？　助けてくれた子に、なんてことしてんのよっ？」

リリアが大きな声で勇者を怒鳴る。

僕も勇者の方を見ると、謝るでも言い返すでもなく、ただ震えていた。

「ま……魔族？　ひっ、なんでこんなところにっ！」

一瞬、何を言っているのだろうかと思ってしまった。

そりゃあリリアが怒ると悪魔のように怖いかもしれないが、魔族は言いすぎだし、そんなに怯《おび》えては魔族に対しても失礼じゃないかと。

ふと視線をリリアたちの方に戻すと、いそいそとフードをかぶるミアの姿が見える。

そうだった。ミアはダークエルフとかいう種族で、人族とは違うんだっけ……

でも違うところなんて、ちょっと耳が長いくらいだ。気にするほどでもないと思うのだけど……

「なんで命の恩人に向かって剣なんか構えてるの？　貴方《あなた》、この子がいなかったら魔物に襲われて死んでたのよ？　それって凄く失礼じゃない？」

リリアの言葉を聞いて再び勇者を見ると、どこかから取り出した長剣を、確かにミアに向けている。

『剣と魔法は人に向けるな』っていう教育はなかったんだろうか？

リリアにも言えることだけどさ……うーん、いや、あれは黒猫を人に向けただけだからセーフなのか？

「き、貴様らは一体何者だっ？」

そう叫び怯える勇者は、助けられたということもわかっていない様子。

とにかく混乱が激しいものだから、全く会話にならない。

リリアも勇者が取り乱しているのをいいことに、『私たちは神の遣いです』なんてシレッと言う。

「え？　私は魔王様の……」

「いいのよっ、適当に口裏合わせといてよ。魔王の手下なんて知ったら、今の勇者じゃ襲いかかってくるに違いないから」

「ん、わかった」

　こそこそと話していたリリアとミアの会話は勇者には聞こえていないらしい。

　ミアは勇者に向かい、堂々と言う。

「我は神の遣い、ミアである。そなたは志半《こころざし》ばで息絶えてしもうた。おお、なんと情けない……今そなたは、我の力で復活したのじゃ。そうだな、とりあえず所持金を半分……」

「も、もういいわよっ！」

　焦ってミアの暴走を止めるリリア。

「魔王様が教えてくれたのに……」

　言いたいことを最後まで言えず、ミアは残念そうにしている。

　しかし、ヤマダさんの世界は一体どんなところなのだろう……

「き、君が僕を……？　ありがとう……いや、取り乱してすまなかった。しかし、先程の容貌、君は魔族ではないのか？」

　少しは落ち着きを取り戻したみたいなので、僕は勇者に改めて中級ポーションを渡す。

　コルンは黙って周囲に散らかった装備品を集め、それを勇者の横に置いた。

「私……そうね、私たちの聞かされている魔族が、貴方の知っている魔族と一緒なら、多分そうだと思う。でも魔族は魔族じゃない……」

ミアの言いたいことは僕たちにはわかる。

魔族なんて種族は本当はなくて、人族が勝手に魔族と呼んでいるだけだということ。

でもまぁ……そうだよね、勇者は理解できていないみたい。普通に聞いたら謎かけでしかないもんな。

「よくわからないが……僕を助けてくれたのが君ということは間違いないみたいだし、敵ではないのだな？」

「さぁ？　勇者の行動次第では、私は容赦しない。貴方なんかにいつまでも構っていられるほど、私たちには余裕はないもの」

勇者の問いに冷たい言葉で返すミア。

世界樹のことを言っているのか、はたまた他に理由があるのかはわからないけれど、まぁ僕たちも同意見。

勇者が敵対するなら僕たちだって抵抗させてもらう。できたら……僕としては仲間になってほしいのだけど。

「わかった、剣など向けたりして申し訳なかった。それにしても君たちはそんな軽装で……やはり、神の遣いというのも本当なのだろうな」

あ、勝手に納得してくれたみたいだ。装備はただ忘れていただけなのに。

「そうだ。僕を、君たちの仲間にしてくれないだろうか？　この世に神がいるのなら、きっと僕のことを救ってくれるんじゃないかと……恥ずかしながら、そんなことを考えていたところなんだ」

真剣な顔をして言われたものだから、ちょっと恥ずかしい。

だって、僕たちを神の遣いだと信じて『救ってくれ』だなんて。

このまま黙っていてもいいのだろうか？

ちょっと心配だけど、後には引けない……か。

「嫌よ。エメル村に迷惑ばっかりかけて、勇者という肩書きを振りかざしてやりたい放題しているだけじゃない」

「そ、それはっ……」

心当たりがありすぎて、言い返せないのだろう。

「でも、せっかく向こうから仲間になりたいって言ってるのに」

「嫌よ。センだって聞いたでしょ？　この人、私たちに救いを求めてるのよ？　おおかた、自分のことを被害者だと思ってるんでしょう」

リリアが強い口調で指摘すると、勇者は苦い表情で事の経緯を語り始めた。

曰く、やはり村に迷惑をかける行為を率先して行っていたのは兵たちらしい。

「だとしても、見ていて止めなかったのだからあんたも同罪よ。それに、被害者だからって他人を不愉快にさせていい理由にはならないわ。私がムシャクシャしていたら王都を破壊してもいいわけ？」

当然、いいわけがない。リリアなら本気で破壊できそうだから、妙にリアルに感じる。

どこの施設を優先して破壊するかとか、どの時間帯が実行しやすいとか、平気で考えそうだ。

リリアに咎《とが》められて、肩を落とす勇者。

続けざまにリリアは、『少なくとも罪を償《つぐな》わない限り』は仲間にはできないと言う。

罪ねぇ……とりあえず、気がかりなのは工房を破壊されたイズミ村の鍛冶《かじ》職人だろうか？

生きがいをなくして、最近は魂が抜けたような状態だと聞くし、声をかけてくれる村の人にも冷たく当たるものだから、どんどん孤立しているみたいだ。

その話を勇者に聞かせると、申し訳なさそうに目を伏せた。

「とにかく！　村のことは私たちでどうにかするとしても、そのお爺さんは貴方がなんとかしなさいよ。孤立しちゃったのはお爺さんの性格の問題かもしれないけれど、原因を作ったのは貴方よね？　あそこまで変わっちゃうと、多分元の環境に戻るのは無理。新しい環境でも整えて、お爺さんに生きがいを作ってあげなさいよ」

「は……はい、わかりました。鍛冶のことはあまり詳しくありませんが、スキルレベルを上げることなら手伝えます」

勇者曰く、世間ではスキルは『レベル４』が限界だと思われているけれど、実はその上もあるらしい。

そのことは僕たちもなんとなくわかっていたが、じゃあどうやったらその上の『レベル☆』になるのかは知らなかった。

勇者にはレベルアップの条件を見ることができるそうで、その知識でお爺さんのスキルレベルを上げる手伝いをしようと言う。

「スキルツリーに条件が書いて……って、そんなことは神の遣いである皆様ならご存じですよね。あの方は職人ですし、より高い技術を習得できるのなら、それが生きがいになるかと……」

いやいや、そんな条件知らないし、スキルツリーって何？

すっごく聞きたいけれど、今は神の遣いになっちゃってるし……

「いいわ、それでうまく収まったら仲間入りを考えてあげる。それと、後でその『条件』も教えなさい」

「はいっ。えっ？」

だんだん、リリアは偉そうにするのが板についてきた。シレッと条件のことも聞いているし、勇者も困惑しちゃってるじゃないか。

「あ、そうだ。お金なら多少は出せます。この村に、お爺さんの工房を設けてもよろしいでしょうか？」

勇者はそう言って金貨を三十枚ほど取り出して見せた。

どこで手に入れたのだろうか？

「いいけど、やましいお金なら怒るわよ？」

「問題ありません。これは僕が王都のそばにできたダンジョンで手に入れた鉱物を売って、手に入れたものです。残念ながら三日ほどでダンジョンは消えてしまいましたが……」

あー……なんとなく覚えている。

ヤマダさんが金色の世界樹の種を使うって言ってたっけ。

そんな素敵なダンジョンなら僕も行ってみたい。

羨ましいという思いは置いておいて、とにかくお爺さんのことを勇者に任せてみることになった。

これで元気を取り戻してくれればいいのだけど。

7話

「ねぇ、私もエメル村で暮らしてもいい？」

話がまとまったところで、ミアからそんなことを言われた。

「別に……大丈夫だと思うけど、魔族領か魔王城に自分の部屋があるんじゃないの？」

勇者がすぐそこにいるのに、普通に『魔族』とか『魔王』と口に出してしまった。

自分の発言にハッとして勇者を見たけれど、特に気もする様子はないみたい。

少なくともミアは敵ではないという認識なのか、それとも……

「魔王城に、私の部屋は……あるよ。でも自分の部屋に友達も呼びたいし」

ミアの見た目は十歳かそこら。実年齢はともかく、魔王城へは呼びづらい友達がいるそうだ。だったらいっそ、任務に託《かこつ》けて、エメル村に住んで友達も呼んでしまおうということらしい。

当然友達も魔族ではあるが、そもそも魔族のことを知っている者は、王宮か城ぐらいにしかいないから問題ないとのこと。

「じゃあ、寝泊まりは私の家を使ったらどうかな？　叔母さんが一人いるけれど、部屋ならいくつか空いているわよ」

背後から声がして振り返ってみると、そう提案したのはテセスだった。

手には護身用のダガーを持っているから、十階層に転移して、ここまで追いかけてきたのだろう。

この九階層の魔物には勇者と兵が複数人でかかっても苦戦していたのに、テセスは一人で来られてしまう。まぁ、魔物のレベルはそれほど高くはないからね。

「貴女《あなた》も神の遣い……え？　もしかして聖女様ですか」

「あら、勇者様は私のこと知ってるの？　でも、私は元よ」

テセスの白い服装が特徴的だから、勇者は以前王都で見たのを覚えていたらしい。

今となっては、その服……いや、装備品が《命竜の羽衣：防御力80、自然回復他》だとわかるのだが、なぜそんな凄い物を行商人が持っていたのかは不明。

昔の勇者たちが使った物が巡り巡って、エメル村に来たのだろうか？

まぁ、聖女には相応しいと思うけれど、今は一介の冒険者として行動しているだけなので、もったいないような気もする。

「そうでしたか、聖女様がいらっしゃるのでしたら納得です。一層仲間にしていただきたいと思います……ハッ、それならば早速イズミ村へ行かなくては！」

勇者はすぐに首元に手を当てて、何かを考えている。

そこにあったはずの物が、今はないということに気づいたみたいだ。

「そ、そうだっ。ネックレスは壊されたんだ！」

勇者がオロオロとしているのを見かねて、僕は指輪を外して渡そうとした。

形は違えど、転移のできる魔法媒体である。

「ちょっとセンっ！」

リリアが僕の手を掴んで手渡すのを阻止した。

転移のネックレスを壊したのは僕たちだし、勇者もこれがないと大変だと思ったのだけど。

「リリアちゃん、転移のルースなら私のを渡すから大丈夫よ。それに、センがまた作ってくれるはずだしね。今度はお揃いで、さ」

僕の方を見て笑みを浮かべるテセス。

首からネックレスを外して、勇者へと渡した。

「そっ、そんな！　聖女様の大事なネックレスをいただくわけには」

「面倒だから二度は言わないわよ、私。勇者様はこれを使ってやらなきゃいけないことがあるんじゃなかったの？」

「……そうでしたね。今は、なりふり構っている場合ではありませんでした」

勇者はネックレスを受け取って首につけ、頭を下げた。

「それと、勇者の私は先ほど一度死にました。どうか、今後はただのアステアとして扱っていただければと思います……」

その言葉を聞いて、本心では勇者をやりたくてやっていたわけじゃないんだろうな、と思った。

「嫌よ。あんたは勇者で、それはあんたが責任を取り終えるまでは変わらないわ。そんなつもりじゃないかもしれないけど、現状から逃避しないでよね」

リリアはすごいと思う。勇者をサックリと殺そうとしておいて、急遽《きゅうきょ》その場で設定を作って話を合わせるなんて。

勇者アステアはそれに気づくことなく、何も言い返さずにお礼だけ述べてイズミ村に向かっていった。

「はぁー……やっと行ってくれたわ。お爺さんのことも解決しそうだし、それっぽく話を作れたと思うんだけど」

肩の力を抜いて、リリアがホッとため息を一つ。

「お疲れ様。テセスもネックレスをありがとう」

「ネックレスはいいのよ。私も二人とお揃いのを作ってもらうから」

あぁ、それは確定事項なんだ……むしろそのためにワザと渡したのかな？

「そうそう、ミアの友達ってどんな人なの？」

村に来る人のことも気になるようで、テセスはミアに尋ねた。

なんと説明しようか悩んだみたいだけど、ミアはそれに答える。

「友達……私と同じくらい」

「じゃあ一緒に私の家に来たらいいんじゃない？　部屋ならもう一つ空いてるわ。ダンジョンが賑わってから、とね屋はほぼ満室みたいだしさ」

テセスのその提案は、ミアもありがたいみたいだ。

いちいち魔族領まで転移で戻るのも不可能ではないけれど、たまに『エルフの秘術』が使われて、転移ができなくなることがあるのだとか。

僕たちが魔王城に行ったことがあるのに、転移で行くことができないのは、その秘術が使われているかららしい。

◆　◆　◆

九階層から移動して、僕たちはエメル村の依頼所の近くにある空き地にやってきた。

イズミ村のお爺さんが来るのなら、この辺りに工房を作ろうと思って下見しているのだ。

まぁ、お爺さんが来なくてもミアの友達はそういう仕事をしているみたいなので、結局工房は作りたいと思うのだけど。

「せっかくだから、木工と服飾の加工場も一緒に作れないかしら？」

土地の広さを見て、テセスがそんなことを提案する。

ミアも『それだったら他の職人も呼べる』なんて言うから、魔族領には様々な職人がいるようだ。

「どうだろう？　金貨三十枚って、どこまでできるのかな？」

依頼所の時は白金貨二枚で足りたみたいだけど、道具を買い揃えるとなると、総額がいくらになるのか想像もつかない。

「インベントリが使えないなら倉庫も欲しいわよね」

リリアの発言でさらに予算が圧迫される。

最悪、倉庫は旧依頼所が空いているから……まぁそこに保管すればいいかな。

「鍛冶道具も魔族領に売ってる……大丈夫」

ミアが言うには、魔族の鍛冶はスキルに頼らない純粋な技術なのだとか。

もちろん人族にもスキルなしで鍛冶をする者もいるが、その技術は拙《つたな》い。

大昔はもっと高い技術を持っていたのに、スキルに頼るようになって衰退したみたい。

ともあれ、工房を作るために勇者から預かった金貨は、リリアが管理することになった。

こんな大金、自分のものでもないのにインベントリ内であっても持ちたくない。

リリアは全く気にしないみたいだから、任せることにした。

すると、リリアは不思議そうに言う。

「でもさ、センのインベントリの中だって、お金じゃないだけで貴重なものばかり入ってるんだよ。今さらじゃない？」

一瞬どういうことかと思ったけど、確かに品質の高いアイテムとか、誰も見たことのない魔物素材とか、そんなのばっかりだ。

そう言われると、金貨の数十枚くらい、大したことないのかもしれない……のか？

……わからなくなってきた。

ミアは魔族領に戻り、職人を集めてみるそうだ。

向こうではあまり仕事がないみたいで、職人向きの種族なのに家事手伝いをする者が多いのだとか。

ヤマダさんのおかげで、領民は平和に暮らしているから、あまり武器は必要とされていないという。

「俺は、九階層でレベル上げでもしてくるわ。神の遣いたる者、さらなる高みを目指さなければな」

解散の流れになったところでコルンが僕に言う。

最近コルンは一人で魔物と戦うことが多い。

新しいスキルを得る方法はわかったのだが、何を習得していいか悩んでいるみたいだ。

今までと同じく必殺技のようなものにするか、一風変わった生産系スキルにするか。

とにかく、コレというのが見つかるまではレベル上げに勤《いそ》しむらしい。

僕は僕で、『回復アイテムの効果が倍くらいになる』というマリアの持つスキルが気になるのだけど、習得はできないようだ。

確か【薬学の心得】で間違いなかったと思うが、そのスキルを思い描いても、一向に習得できる気配はなかった。

◆　◆　◆

勇者とダンジョンで話した翌日から、午前中はさらに下の階層の攻略を、午後にはそれぞれ別行動で新しい工房作りやレベル上げを行うことになった。

下の階層へ進むのを躊躇《ためら》っていたのは、実は十一階層にベノムバイパーが出てくるからだ。

ベノムバイパーの毒には専用の『特殊解毒薬』が必要で、それを用意するために時間を費《つい》やしたのもある。

テセスの治癒魔法があれば大丈夫だと思ったのだけど、効き目はなかった。そして、咬《か》まれたところがいつまでも痛い……

おかげでちょっと入っては数匹退治して出る、の繰り返し。咬まれたくないので毎日数匹ずつ倒した。

その間にも『特殊解毒薬』は作り続けていたので、いつの間にか千本近いストックになってしまった。

冒険者たちがこの階層に来るようになったら、依頼所か雑貨屋で販売しようと思う。

「多分こいつも毒を持ってるよ！　みんなっ、気をつけて！」

「毒を受けても私じゃ回復できないかもしれないわ！　全力で一気に倒しちゃいましょ！」

そんな大変だった十一階層のボス部屋に出てきたのは、これまた巨大な蛇の魔物。

ボスというのは、得てして大きいものなのだろうか？

ただ、見た目はベノムバイパーにそっくりだし、周囲にはそのベノムバイパー自体も数匹這《は》っていたから、このボスも毒を持っていると思う。

「ウインドエッジ！」

「ファイアーストーム！」

僕の風魔法と、リリアの火と風の混合魔法が魔物たちを襲う。

地上で戦ったベノムバイパーならこれで退治できたのだけど、この階層に出てくるのはレベルが違うようだ。

コルンは矢を数本放っては警戒、また数本放っては警戒を繰り返す。

世界樹の力で生み出される矢は、一定時間に限られた本数しか射ることができないらしい。

これまで、あまり連射してこなかったので気づかなかったが、それでも自分で番《つが》えるよりは早く打てる。

「今までの奴より硬《かて》ぇ！　俺は剣で前に出て戦うぞ！」

コルンが弓を片付けて、剣に持ち替える。

前衛が誰もいないので、いざという時はコルンが前に出ることは話し合いで決まっていた。

大きな盾も準備しておいたけど、コルンは『大きな剣なら盾代わりにもなるぜ』なんて言って受け取らなかった。

そして、僕たちが攻撃魔法を繰り返すうちに、巨大な蛇はその動きを止めたのだった。

――コルンが負った咬み傷と引き換えに。

8話

「ダメね。治癒魔法も効かないし、普通の毒消し薬も効果ないみたい。ボスからは鱗《うろこ》しかドロップしなかったから、この魔物用の特殊解毒薬も作れないのかな」

特殊解毒薬というのは、その魔物の毒にしか効果を示さない毒消し薬。

というか、ベノムバイパー以外から特殊な毒を受けることなんてなかったから、そう思っていた。

「試しにベノムバイパーの特殊解毒薬を飲んでみようよ。ダメでも、ヤマダさんなら何か知ってるはずだしさ」

もしも同じ毒ならば、これで治るだろう。

そうでなくても、ヤマダさんに聞けば絶対にどうにかなるような気がする。だから僕たちはわりと落ち着いていた。

「自分のステータスに何か変化とかないの？　今後の参考になるし、ちょっと確認してみてよ」

僕の横で、リリアが冷静に話をする。

焦ったって仕方ないので、コルンはとにかく減っていく体力を戻すために中級ポーションを飲みながら落ち着いて答えた。

「そうだな……やっぱ体力だけがどんどん減っていって、状態は……『失血毒』って書いてあるな」

八階層のグールからも毒攻撃を受けることはあるけれど、こちらの時の状態は『猛毒』と出る。

やはり状態異常の種類が違うみたいだ。

「うぇぇ……俺、この薬苦手なんだよなぁ……」

ポーションは、ちょっぴり甘めのドリンクといった感じだけど、特殊解毒薬をはじめ状態異常薬全般は、どちらかというと苦い。

それが当たり前だと思っていたし、味なんて気にしている場合じゃないと思っていたが……もしかすると、味を改良できたらお金になるかもしれない。

大量に作るのはそれほど難しくないし、世界中で広まれば……きっと。

合成する時に付与できる特性として、確か『甘い』というものを見た覚えがあるから、村に戻ったら試してみよう……

「おい、セン？」

そんなことを考えていた僕に、コルンが呼びかける。

「えっ？　あっ、ごめん」

僕は取り出した特殊解毒薬を持ったままボーッとしていたようで、コルンが『早く渡してくれ』と、せがんでいた。

『殺す気か？』と言われても、特殊解毒薬はみんなにも渡してあるのだから、自分の手持ちを飲めばいいだけなのに。

まぁ、ボーッとしていた僕が悪い。落ち着きを通り越して自分の世界に入ってしまったから。

「おぉ、ベノムバイパー以外の毒も治るみたいだな」

苦味を堪《こら》えて『ウェッ……』なんて言いながら飲み干した数秒後、コルンの状態異常はスッキリと解消された。

「よかったわ。私の治癒魔法も万能じゃないみたいだし、気をつけて進まないといけないわね」

魔物から受ける状態異常は、日常生活の風邪とかとはちょっと違うのかな？

それとも、ただベノムバイパーと同じ毒だったというだけか？

とにかく、ここのボスから受ける毒に効果があるのは間違いないし、『十一階層必須アイテム』として特殊解毒薬を販売してもらうことにしよう。

さて、新しい『大蛇の鱗』という素材が手に入ったので、僕はこれを合成してみたいと思う。

飲みやすい状態異常薬というのも試したいし、勇者の言っていたスキルレベルの上げ方も気になる……

やりたいことが多すぎて困ってしまう。

「リリアは今日、どうするの？」

「私？　うーん……私にはボス素材は扱えないから、また召喚リストを増やしに行くくらいかなぁ？」

聞けば、毎日数体ずつリストを増やしているらしい。

スライムとかレイラビットは当然として、各階層に出てくる魔物やボスとも何度も戦っているのだとか。

当然、経験値もそれなりに獲得していて、今は『レベル31』だという。

僕よりもかなり上だ……

「ちょ、ちょっと僕も用事を思い出した。お互い頑張ろうか」

「えっ？　あ、うん。センも頑張ってね……？」

急に話を切り上げてしまったので、リリアはちょっと不思議そうな顔をしていた。

◆　◆　◆

僕は一人村に戻って、部屋に篭《こも》っていた。

静かなほうが合成に集中できるというのもあるけれど、製作をあまり知られたくないアイテムを作ろうとしているためでもある。

『集魔の香』という、ノーズホッグの肉――正式なアイテム名『獣の肉』から作られる、魔物寄せアイテム。以前リリアが作ったと言っていたものだ。

大蛇の鱗から強力な防具を作った僕は、すぐにそのアイテム作りに取り掛かった。

さらにグレイトウルフの『極上肉』でも作れるんじゃないかと気になったので、こちらも使ってみる。

素材は他に、小瓶一つとアグルの木片のみ。

特性は、悩んだけれど『レア度上昇』と『透き通った』『よく燃える』を追加した。

消費してしまうアイテムに、これらの特性はあまり意味がないのかもしれない。

ただ『効果持続』の特性を選んでいつまでも魔物が寄ってくるのも困るし、かといって、何も追加しないのも面白くないので、とりあえずは無害そうなものを選んでおいた。

「よしっ。えーっと……どこで試そうかなぁ……」

十階層にはみんながいて、その上下の階層にも来るかもしれない。

ダンジョンの外では経験値は入らないし……

「やっぱり八階層か……あそこはあまり好きじゃないなぁ……」

スケルトンとグールが出る階層。ドロップの腐肉は触りたくないし、臭いもキツい。

どうしても臭いに耐えられなければ、片っ端からインベントリに片付ければいい。触ったところで、インベントリに入ってしまえば手についたものも消える。

そう頭ではわかっているが、抵抗がなくなるわけじゃない。

悩むけれど、背に腹はかえられぬ。

「ええいっ、ままよ！」

どうにでもなれ！　そう思いながら、僕は八階層に転移した。

八階層に着いて、すぐに『集魔の香』を使う。

「あ、あれ？　これで合ってるのかな……？」

リリアが一回使ったことがあっても、僕は見るのも初めて。

でき上がった丸い塊に魔力を込めたら急に燃えて、辺りに白い煙が漂っていった。

別に目が痛いとか喉がやられるとかはなく、無臭の白い煙が視界を奪っていくだけだ。

『ウゥウ……』

『ガァァァ……』

『カタカタ……』

『ガチャッ……ガチャッ……』

煙の奥から、何かが蠢《うごめ》く姿が想像できてしまうような様々な音が響いてくる。

前は二メートルほどしか見えないダンジョンの中、煙の向こうから突然現れる魔物たち。

「ス、スケルトンには打撃っ！」

僕はすぐさま、以前ドロップアイテムで手に入れたワンダーハンマーを取り出して装備。

魔銀《ミスリル》の剣を上回る攻撃力は伊達《だて》じゃない。一撃で粉々になったスケルトンは、ドロップアイテムの『大きな骨』を残して消えてしまった。

続いてもスケルトン、その直後にグール。

グールは斬撃のほうが効くのだけど、いちいち武器を替える余裕はなくて、僕はただひたすらにハンマーを振り回していた。

「はぁ……はぁ……。ま、まだ煙は消えないのかな？」

かれこれ三十体は倒した。グールを叩き潰した時の、飛び散る肉片が気持ち悪い。

もう『腐肉』に触りたくないとか言っていられる状況ではなく、死にもの狂いで対処した感じ。

帰ったら綺麗に洗わなくちゃ……

そう思っている間にも、煙はまだ出続ける。

特性の『よく燃える』が悪かったのだろうか？

次に合成する時は、もう一つの特性『意外とよく育つ』にしてみよう。

それからさらに二十体倒し、もういい加減、終わりにしてほしいと思った。

『カチン……カラカラ……』

煙の向こうで、まだスケルトンの骨の音がするのだが、それは今までのものより少しばかり高い。

金属……とまではいかないけれど、僕の作ったクリスタルの食器同士が当たるような音。

どうしてそんな音がしたのかはわからないが、僕は魔物が見えた瞬間にハンマーを振り下ろそうと構える。

「ま、まだかな……」

なかなか現れない魔物。

そこでようやくアイテムの効果が終わったらしく、煙は止まり、少しずつ視界が開けていった。

「え……何こいつ!?」

数秒後に煙が完全に消えると、僕の前には一体の魔物が立っていた。

全身が骨のスケルトン。ただしその見た目は、僕の作るクリスタルのように透明で、手にもクリスタル製と思しき大剣が握られている。

「もしかして……ボスだったりする？」

すぐに反対側の通路に目をやって、村への帰還を考える。

だけど、少し考えて僕は逃走をやめ、戦うことを決意した。

「見たことない魔物だし……ちゃんと倒して情報は欲しいよね……それに……すごい素材を落とすかもしれないいっ、しっ！」

ハンマーを大きく振りかぶって、僕はそのクリスタルスケルトン（仮）に向かっていった。

所詮《しょせん》は八階層の魔物。前回戦ったボスのスケルトンメイジとかいう、魔法を使うスケルトンだって、リリア一人で余裕だった。

この魔物がボスだとしても、きっと負けることはないと思う。

『カカカカ……』

クリスタルスケルトンは笑っており、僕のハンマーを避けることなく頭に受けた。

『いけるっ！』と、思ったのだが、直撃を喰らったクリスタルスケルトンは、何事もなかったかのように平然と立っている。

それを見て再び逃走を考えたが、『攻撃も受けていないのに撤退とか、マジで笑わせてくれるな』なんて言うヤマダさんの姿が目に浮かんで、ちょっとイラッときてしまった。

やっぱり絶対倒す！

クリスタルスケルトンの攻撃は大振りの大剣。

たまに笑うくらいで、変わった攻撃はしてこない。

攻撃を受ければもちろん痛いだろうし、怪我だけじゃ済まない可能性だってある。

とはいえ、まだ避けられる。今はまだ……

「はぁ……はぁ……」

正直言って、何十体もの魔物との連戦で疲れている。

動きが鈍《にぶ》っているのが、自分でもよくわかるのだ。

ステータスには『健康』とあるが、疲労などそこには表示してくれないのだろう。

ひたすら踏ん張るしかなかった。

「くそぉっ！　なんでダメージがないんだよ！」

ハンマーではダメなのかと考え、剣に持ち替えた。

それでも攻撃が効いている気がしなくて、魔法を使ってみる。

火魔法、氷魔法、嵐魔法に地魔法。

僕の装備している魔法媒体で使える、全ての魔法を試してみたが、それでもクリスタルスケルトンは笑い続けていた。

魔力が不足して魔法を放てなくなり、剣もハンマーも効いている様子はない。

『カタカタ……』と、小刻みに揺れる顎《あご》が憎たらしい。

残念だけど、これ以上戦っていても倒せる気がしなかった……

かれこれ二時間近く。

こいつと戦っている間に、他の魔物が出てこなかったのが幸いと言えよう。

僕は遂に逃げることを決意した。

「えっ⁉　あっ、しまった！」

少しの間、奴の動きを止めるためにルースに魔力を込めようとしたのだが、すでに僕の魔力は尽きていたのだ。

それほど多くの魔力はいらないとしても、今の状態ではどうしようもない。

「そ、そうだっ、魔力回復薬っ！」

焦っていると、簡単なことでも上手くいかないものだ。インベントリのどこに魔力回復薬があるのかがわからない。

おかげで、遂にクリスタルスケルトンからの一撃をもらってしまった。

ヤバいと思った。

防具のおかげで致命傷ではないものの、それなりにダメージを受けてしまったのだ。

そうなると余計に魔力回復薬が見つからない。

焦る僕に対し、クリスタルスケルトンはいつまでも『カタカタ……』と笑っているのだった……

9話

「悪いけど、勝てる見込みがないのに、いつまでも戦っている僕じゃないよっ！」

クリスタルスケルトンはきっと希少《レア》な魔物だと思う。

ドロップするアイテムも普通のスケルトンとは違うのだろうけど……

惜しい……すごくもったいない気がする。

僕は魔物に背を向けて全力で走った。

ついでにケムリ玉も投げつけて、魔物から距離をとる。

「はぁ……落ち着いたら魔力回復薬なんてすぐに取り出せるのに。ダメだなぁ、ちゃんとコルンみたいに練習しておかなくちゃ」

アッシュが常々コルンに言っていた、『自分の状態の変化に慣れておけ』という言葉が理解できた気がする。

レベルが上がって、力がついたのはわかるけど、それでどこまでの魔物と戦えるのか把握するのは難しい。

だからこそ慎重に慎重に、一階層ずつ進んでいるのだけれど。

「はぁ……絶対に特殊な素材を落とすよなぁ。倒せなかったから、『世界樹辞典《ワールドディクショナリー》』にも登録されてないだろうし……」

本の形を模《も》したステータスのような項目の中から、先程の魔物を思い浮かべて検索する。

パッと切り替わった項目には、『スケルトン（亜種）』の文字と、シルエットのままの魔物の姿。

倒さなくても、一度戦闘を経験すれば名前はわかるみたいだ。

名前と一緒に魔物の説明も記載されており、非常に高い防御力と、魔法を無効化する能力を持つことがわかった。

問題は、その次の文章だ。

《本体は頭部の中にある核であり、外骨格を破壊してダメージを与えるか、隙間から直接攻撃を与える必要がある》

僕は『亜種』と書かれた魔物の特徴を見てから、通常のスケルトンはどうなのかと『世界樹辞典《ワールドディクショナリー》』の項目を切り替える。

《本体は頭部の中にある核であり、外骨格を破壊してダメージを与えるか、隙間から直接攻撃を与える必要がある。外骨格はそれほど頑丈ではないので、低レベル冒険者の経験値稼ぎにされることが多い》

「あー……そっか、そういえば頭ばっかり狙ってたっけ……」

亜種はただ骨が硬かっただけで、弱点や基本的な戦い方はスケルトンと同じだったわけだ。

次に戦う時は、目か口の隙間から核を狙うことにしよう……

◆　◆　◆

翌朝、僕はリリア、テセス、コルンと一緒に十二階層の入り口に立っていた。

「セン、昨日はどこに行ってたんだ？」

遅い時間に村に戻ってきた僕を見かけたらしく、コルンが聞いてくる。

「いや……ちょっと素材集めをしてただけだよ」

どこにいたのかは言わなかった。

心配されるとは思わないけれど、ちょっとだけコッソリと魔物討伐をしたい気分だったのだ。

「珍しいじゃない。一人の時はいつもアイテム作りばっかりなのにさ」

リリアが不思議そうに僕の顔を覗《のぞ》き込んでくる。

うん。自分でもそれはよくわかっていた。

だからみんなよりもレベルが低かったし、ちょっと真剣にレベル上げをしたいと思ったんだよね。

「頑張るのはいいけど、無茶しないようにね。魔物と戦うのなら、私はいつでも手伝うわよ？」

テセスも心配そうに言う。

治癒魔法があればアイテムを使う手間が省けるし、多少の無茶はできるだろう。

でも、恥ずかしいとか意地とか……本当はそんなことを気にせずに頼むべきなんだとは思う。

「ありがとう。また行く時にはお願いするかも」

「テセスだけ？　私には頼まないの？　ねぇ？」

リリアがいると、素材は集まるけど、経験値が……

僕が武器を振るうよりも先に魔法で倒してしまうかもしれないからなぁ。

そうなったらレベル上げにならないし、そもそも、僕がレベル上げをコソコソとやりたがっているのを知られるのも、なんか嫌だ。

「大丈夫だよ、そんなに危険な魔物が出てくるところには行っていないしさ」

はい嘘です。昨日も危険な目に遭いました。

実は今日も同じアイテムで、スケルトンの亜種が出てこないかと期待もしています。

みんなで行った十二階層の探索は、特に危険もなく終了。

今後のために、十一階層とともに地図作成《マッピング》作業をして解散した。

僕は一人で、昨日同様に八階層でレベル上げに励《はげ》む。

「やっぱり、そんなに簡単には出てこないなぁ……」

あれだけ触るのが嫌だった腐肉にも慣れてしまって、今日は魔銀《ミスリル》の剣を持って戦っている。

一応、練習を兼ねてスケルトンは頭部の隙間を狙って倒すようにした。

「上達……早いね」

『集魔の香』の効果が切れ、魔物がいなくなった時に後ろから声がかかる。

黒い衣装のミアだった。

「えっ？　もしかしてずっと見てた？」

「うん。昨日から……」

僕はてっきり、ミアは魔族領で人を集めているものと思っていたが、それは部下にやらせているのだそうだ。

そりゃあ魔王の部下の中では、最も偉い立場なのだろうし……知らないけど。

ミアは口数が少なくても、命令できる部下は大勢いるのだと思う。

迂闊《うかつ》だった。これでみんなにバレたら、ちょっと恥ずかしいじゃないか。

「これ……昨日のスケルトン亜種のドロップ。あれは六万五千五百三十六体に一体しか出てこないレアな魔物……すごく珍しい」

そう言ってミアは、一つの木の実のようなものを取り出した。

見た目はヤマダさんの持っていた世界樹の種に似ているが、少々小さい。

「これは、すごく貴重なステータス上昇アイテム。仲間の誰に使うか悩んで、意を決して使った挙句、その仲間が離脱することもあるという悪夢を生むアイテム……」

すごく不安になることを言われた。けれど、ミアはヤマダさんが言っていたことを口にしただけで、意味はわかってないらしい。

ステータスの一部が上昇するアイテムなのだが、珍しいがゆえに無駄遣いになるのが許せないのだとか。

「多分センの使った『集魔の香』の効果……レア魔物の出現確率が増えた」

普通では滅多に出会えない魔物らしい。

そういえば、アイテムの特性に『レア度上昇』を追加したっけ。おかげでレア魔物の出現率が上がったのかもしれないが、それでも出会ったのは奇跡に近いレベルだと思うと、ミアは言っていた。

「あの、僕がここにいたことは内緒にしてくれないかな？」

ミアがペラペラと喋るとは思わないけれど、それでも念押しをしておきたかった。

「レベル上げ、いいこと。センが頑張ってるなら、誰にも言わない。その『力の種』も食べてしまったらいいと思う」

そうだなぁ、このアイテムの出所なんかを聞かれたら面倒だし。

僕はアイテムを持って、口に放り込む。

堅そうな見た目とは裏腹に、口の中でシュワッと弾け、一瞬で溶けてなくなってしまった。

後にはスッキリとした甘さが残り、その余韻《よいん》も非常に心地よい。

「えっ？　……すっごく美味しい……」

「私もここ十年食べていない……あげなきゃよかった……」

僕の表情を見て、その味を思い出したのだそうだ。

確かにこれは、ぜひともまた食べたくなる。

食べればいいと言われて、ついパクッと口に放り込んでしまったが、合成に使えばもしかしたら、『すごく美味しい』みたいな特性をつけられたかもしれない。『シュワッと爽やかな甘さ』とか、『余韻に浸る味』とか……

しまったなぁ、せめて調べてから食べるんだった……

力の種を食べた僕のステータスは、上がっているらしい。

といっても、レベルが上がるたびに変動するから、もともとの数値はまともに覚えていない。

多分、ちょっとだけ上がっていると思う……というくらいしかわからなかった。

「ん……誰か来る。バイバイ……」

フッと視界から消えてしまうミア。

これがアイテムを使った効果なのか、そういう魔法なのかはわからない。

八階層の魔物が彷徨《うろつ》くダンジョンの中、ミアの言うように、誰かが近づいてくるみたいだった。

「おや、センさんじゃないですか。こんなところで出会うとは奇遇ですな」

背負っている大きな荷袋、そしてすぐに使えるように手には魔符やケムリ玉。

いつもお世話になっている行商人、デッセルさんだった。

「ど、どうしたんですか!?　こんな危険なところで」

冒険者ならいざ知らず、護衛も何もなしのデッセルさんが、こんな奥の階層にまで来るなんて。

「ハハハッ。私は貴重な素材があると聞けば、どこへでも向かいますぞ。しかしここはいいところですな。見たこともない魔物に、名前も知らない素材がゴロゴロしている。解体せずとも、目的の素材だけを拾えるのは非常にありがたい」

ペラペラと饒舌《じょうぜつ》になるデッセルさん。

ダンジョンが急にできたことや、魔物がドロップアイテムを残して消えていくことなんて、些細《ささい》なことだと言わんばかりだ。

「あっ！　後ろ気をつけてくださいっ！」

デッセルさんの背後からスケルトンが一体、カタカタと音を立てて近づいてくるのが見えて、僕は叫んだ。

「おや、これはこれは、ありがとうございます」

デッセルさんは、腰につけていたものを手に取って構える。

大きさは手のひら二つ分くらいの、おそらく金属製の武器。

握る部分には指をかけるところがあり、九十度に曲がった先は筒状になっている。初めて見るが、その先端からはきっと、矢みたいなものが射出されるのだろう。

パァン！

まるで水面を叩きつけたような音が鳴り響き、それと同時にスケルトンの頭部がわずかに砕けた。

デッセルさんが人差し指を強く引くたびに、パンパンという音がして、スケルトンにダメージを与えていく。

「これは、以前遠くの山で、装飾された大きな箱から入手したものです。おそらく、周囲の魔素を凝縮して撃ち出す仕組みなのだと思いますが」

「そ、そうなんですか……なんだか便利そうですね。見せていただいても大丈夫でしょうか？」

興味がないわけがない。

デッセルさんの言っている『装飾された大きな箱』は、きっと宝箱のことだろう。

武器や素材など、様々な不思議なものが出てくるが、デッセルさんの持つ武器は初めて見た。

《ファイアーイーグル（銃、遠距離武器）：攻撃力30、弾を五発連続で撃つとしばらく使えない》

魔法でもないのに、火属性の攻撃が可能な武器らしい。

さすがに怪しまれそうなのでデッセルさんに教えるわけにはいかないが、とにかく想定通り、手に持ったことで『世界樹辞典《ワールドディクショナリー》』で調べられた。

入手というより、一度でも手にすればいいみたいで、この辺はありがたい。

素材もそれほど珍しい物ではないから、僕でも作れるかもしれないな。

これは面白そうだ。魔法の代わりにもなりそうだし、スケルトン亜種のような魔法が効かない魔物にも効果があるだろう。

「それにしても、最近七階層を突破したと聞き及んでおりましたが、やはりセンさんが勇者様だったのですね。いやぁ、さすが素晴らしいアイテムの数々を生み出されるお方だ」

そういえば、勇者のことも最初はデッセルさんから聞いたんだったか。

いや、それにしても……

「ですから、僕は勇者では……」

「そうそう、センさんはもう、この階層のボスは倒されたのですか？」

「え？　あ、はい」

「それはそれは！　ぜひ対策などをお教えいただけると」

「えぇぇ……大丈夫なんですか？　護衛とかは連れてきてないんですか？」

……

………

それからは、ずっとダンジョン攻略話。

デッセルさんは勇者のことに執着しているわけではなさそうで、ひたすら先の階層に出る魔物の話を聞きたがった。

ついつい十二階層まで喋ってしまったのだが、デッセルさんは不思議に思うこともなく普通に聞いている。

近いうちに、十階層の安全地帯に住み着くデッセルさんが想像できてしまった。

「なんとっ、それは楽しそうな場所ですな」

「あ、いや……特に何があるわけでも……」

会話を終えて、僕は少々後悔した。

デッセルさんが十階層に来たら……多分すごく便利になるし楽しいんだろうとは思うけれど。

10話

続く階層の攻略が進んで、早三十日。

僕たちは十九階層までやってきた。

ノーズホッグやグレイトウルフから『集魔の香』が作れるように、腐肉を使うことで『退魔の香』という魔物避けのアイテムができる。

これがわかってから飛躍的に探索スピードが上がり、十八階層までは地図もしっかりと埋まっている。

もちろんその分、素材は集まらないし、経験値も稼げはしない。

そうこうしている間にも、村では新しい施設が完成しつつあった。

依頼所と同じ大きさの石造りで、依頼所と接している側には裁縫と木工の作業場を設けてある。

鍛冶場が逆側にあるのは、火を使うためだそうだ。

どちらにしても、施設内全体は暑くなりそうではあったが……

「ワシにここで働けと言うんか……老い先短い年寄りを騙《だま》くらかしおってからに……」

勇者アステアがイズミ村にいたお爺さんに助言をしたところ、急にスキルレベルが上がり、さらに新しく【精霊鍛冶】というスキルを習得したみたいだ。

その腕を存分に振るうことのできる施設というのが、この新しい建物。

お爺さんのスキルは魔族の技術と違って鍛冶場を必要としないけれど、お互いに競い合って高みを目指してもらえればと思い、鍛冶場のすぐ横にお爺さん専用の作業場が設けられていた。

お爺さんを連れてきたアステアは、施設の中に入り説明する。

「貴方様の作品は、まだここにいる冒険者たちには過ぎたものです。しばらく販売する予定はございませんので、今はぜひとも、納得のいく出来のものを目指してください」

やはり強い装備品を身につけるには、冒険者の腕もそれなりに必要だろうと、話し合って決めたことだった。

「ふんっ……当然じゃな。ワシの武器なんぞ持たせたら、この村の冒険者どもが図に乗るだけで成長せんわい」

お爺さんがキツい口調でアステアに言い返す。

以前、僕もヤマダさんから『武器に使われるだけだ』なんて言われたことがあったが、そういうことなのだろう。

施設の正面には受付を設けて、壊れた装備品の修繕などを請け負う。

「お疲れ様。じゃあ明日から、武具の素材になりそうなものは、依頼所から生産ギルドの方に卸《おろ》すようにするわね」

アメルさんにそう言われて、僕は思わず首を捻る。

「あ、うん……ギルド？」

「もう、あんな建物、完全に同業者組合みたいなものじゃない。さーて、誰がギルドの長《おさ》になるのか、今から楽しみねっ」

前もって素材や完成品の受け渡しについては取り決めをしておいたのだけど、いつの間にか新しい施設の名前が『生産ギルド』になっていたのには驚いた。

さらに翌日、ミアが友達だと言って父と娘の一組の親子を紹介してくれる。

魔族の中でも『ドワーフ』という種族らしく、父親でも身長は人族の半分ほど。力が強く手先が器用で、鍛冶に限らず生産系の技術はかなりのものらしい。

「は、はじめましてっ」

緊張した感じでそう挨拶したドワーフ娘、名前はナルカナと言うそうで、この子がミアの友達なのだろう。

「きゃ、可愛いー！」

「あっ……ありがとう……」

ナルカナが挨拶をすると、リリアが屈《かが》んで顔を近づける。

驚いたナルカナは父親の後ろに隠れながら礼を言っていた。

ただでさえ小さい種族なのに、その子供のナルカナは父親よりも小さく、人族で言うと二歳か三歳くらいにも見える。

これでも十二歳だと言うのだから、種族の違いって大きいものだ。

「アンタがマオー様お気に入りのセンって坊主か。ミアからも話はよく聞いている。ワシはドワーフ族のボイルっちゅうもんじゃ」

身長は低いが、立派な髭を蓄《たくわ》えている。おそらく歳は六十か七十か。

僕とドワーフのボイルが手を組み交わす。

「ボイルの腕は、ドワーフでもピカイチ」

ミアが自慢げに言う。

「褒めすぎじゃ、ミア。まぁ、友人の頼みだからって適当にやるつもりはない。よろしくな」

「こちらこそ、よろしくお願いします！　……ん？　ミアの友達って、ボイルさんのほう？」

てっきりナルカナが友人だとばかり思っていた。

『五十年以上の付き合い』と、ミアが言い、ボイルさんもまた『ワシがまだ職人見習いの時にな』なんて昔の話を始める。

ドワーフの作る装備品は非常に高性能だが、世界樹の力を使ったスキルと異なり、一つ一つが手作り。

いや、スキルを使った製作が手作りではないとは言わないが、かけた手間と労力はスキルの比じゃないらしい。

僕の【合成】スキルなら一日に百も二百も作れるが、ドワーフの鍛冶では剣ならば一日にせいぜい一本しか作れない。

その代わり、同じ魔銀《ミスリル》の剣でも攻撃力や耐久力は三倍ほども違うのだとか。

インベントリから取り出して見比べてみると、そこまでの違いは感じられない。

「見てもわからんか？　じゃったら、試しに打ち合ってみればいい」

ボイルさんは自《みず》らが作った剣を娘の手に持たせて、外へ向かわせる。

「そういうことなら、俺も剣を握ろうかな。セン、どうだ？　久しぶりに特訓してみないか？」

コルンが僕に剣の相手を申し込むが、ボイルさんに『本気でやり合う必要はなかろう』なんて言われて止められてしまった。

お互いの武器を使っての模擬戦闘。

コルンが僕の剣を、ナルカナがボイルさんの打った剣を持ち、二、三歩離れて向かい合う。

身長差もさることながら、小さな身体で魔銀《ミスリル》の剣を持つナルカナの姿は異様すぎる。

「ナルカナちゃん！　本気で倒しちゃって良いからねー！」

「ちょ、ふざけんなよリリアっ！　模擬戦ったって、本物の剣な……」

……ガキンッ！

コルンがリリアの方をチラリと見た瞬間、コルンの剣と、ナルカナの振った剣が重なり合う。

「模擬戦とはいえ、剣を向け合う最中《さなか》に視線を逸らすなど……私が子供だからと馬鹿にしているのですか？」

急に口調がキツくなったナルカナは、容赦なくコルンに剣を叩き込む。

一撃一撃が非常に重く、なんとか受けているコルンだったが、それも長くは持たなかった。

パキンッ……

非常に軽い音がした。

僕の作った剣は、激しい打ち合いの末にいとも簡単に折れてしまったのだ。

「しっかりと素材の本質を掴《つか》んでおらねば、どれだけいい素材を使おうと上質な武器にはならん」

工房に戻ると、ボイルさんは魔銀《ミスリル》のインゴットを一つ手に取って言う。

僕のスキルでは『模《かたど》っている』だけだとも言われたが、その意味がわかるような気がした。

「これが本物の『武器』というやつじゃ。何か参考になればいいが」

ボイルさんは視線をナルカナの持つ剣に向け、それに気づいたナルカナが、自慢げに剣を持ち上げて見せた。

こんな剣が普通に売られたら、冒険者もずっと強くなるのだろうな。

「こちらは杖ですね。魔銀《ミスリル》は魔力を高めるとは聞きますが、これは……」

テセスが近くに置いてあった杖を手に取って、その強さを調べたようだ。

僕も見せてもらうと、そこには《魔法攻撃力１２０》の文字が。

「ボイルの武器はすごい。強すぎるから、販売するのは鉄の剣だけ」

まぁ、実は鉄の剣ですら、僕が作った魔銀《ミスリル》の剣よりも強いのだけど。

裁縫の作業場では、普段着はもちろん、ワイバーンの爪にも耐える繊維や、火に強く熱を感じさせない効果のある装飾品が魔族領から持ち込まれていた。

木工の作業場は加工に使う道具が少しあるだけで、特に何かがあるわけではない。

強《し》いて言うなら、建物の外には伐《き》られた木が横倒しで積んであり、それを直接運び入れるために大きめの出入り口が設けられていることくらいか。

「魔王様からの伝言もある」

一通り挨拶と見学を済ませた僕たちに、ミアがとんでもないことを言い出した。

「えーっと……『お前たちはドワーフの作るアイテムを買うなよ。理由は、つまらんからだ。欲しかったら自分たちで作れ。技術は見て盗めとは言わんが、別にドワーフの専売特許ってわけでもないしな。……ん？　……………なんでずっと見てるんだ？　……………はぁ……終わり』――以上が魔王様からの伝言です」

声はあまり似ていないけれど、なんとなくヤマダさんが玉座に座りながら気怠《けだる》そうに喋っているのは伝わってきた。

「途中からよくわからなかったけど、つまり僕たちはこの強力な装備品を利用できないということ？」

「そうみたいね。でも『ドワーフの』って言ってたし、お爺さんの作る武器だったらいいってことよね？」

リリアがミアに問いかけると、ミアは『それは言ってなかったから大丈夫』と答えた。

そういえば【精霊鍛冶】だったか。どういうスキルなのだろう？

移動して再び鍛冶場へ。隣接した部屋には、様々な素材と一つの大きめの作業台がある。

「なんじゃ、何か用か？」

作業台に向かって険《けわ》しい表情を見せるお爺さん。

「急に押しかけてしまい、申し訳ございません。実は、お爺さんの新しいスキルのことを教えていただこうかと」

テセスが物腰柔らかにお願いすると、お爺さんも嫌そうにはしなかった。

「ん、まぁなんじゃ……ワシのために色々とやってくれたと聞いておる。ありがとうよ……いやいや、そうじゃスキルのことじゃったな。ワシ自身も、まだよくわかっておらん。すまんな」

「そうでしたか……」

「しかし、この歳になってまだ挑戦し続けることになるとは思わなんだわい」

口角が上がり、少し嬉しそうにするお爺さん。

スキルで作り出した武器に何かしらの力が込められている……気がするらしい。

お爺さん自身は魔物退治を行ったりはしないのだから、性能がわからなくても無理はないだろう。

一本の剣を借りて試そうと思ったのだが、弓の試作品もあるのをコルンが見つけ、そちらを拝借することになった。

「使っている冒険者は見たことがないけど、こんなのまで作ってるんだな」

コルンが弓を掲げながら呟く。

お爺さんは『とにかく一度作ってみることで、新しいことに気づけるもんじゃ』と言った。

なるほど、腐肉だって拾ってみなくては『退魔の香』というアイテムの可能性に気づけなかったのだし、僕もあまり選《え》り好みをしないようにしなくては。

「でもなぁ、やっぱりセンが作ったのと一緒で、矢を番《つが》えないと射れないんだろ？」

そう言って、コルンが弓を引くポーズをする。

以前、僕も弓を作ってみたことはある。ただ、宝箱から入手したものと異なり、矢を使わない攻撃は無理だった。

ガツッ！

「わっ⁉　何してんのよっ？」

石造りの壁に、拳大《こぶしだい》ほどの窪《くぼ》みができており、音に驚いたリリアがコルンに向かって怒っている。

「いやいや！　俺は別にっ」

そう、コルンは矢を番えていなかった。

まさかとは思ったが、外に出てもう一度試してみたところ、お爺さんの弓は、間違いなく宝箱から出た弓と同じ力を有していた。

「ワシがこんな不思議な武器を作れるようになるとはな……ひひっ、こりゃあ楽しみが増えたわい。まだまだ若いもんには負けられんのぉ」

お爺さんも元気になったようで良かった。

ちなみに剣や斧にも不思議な力が宿っているようで、射程距離の強化や、体感重量の変化などがあった。

【精霊鍛冶】……色々な可能性を感じてしまう。

11話

「アステア……ね。わかったわ、私もあなたのことを認めてあげる。でさ、ちょっと教えてほしいんだけど、どうやってお爺さんのスキルレベルを上げたのよ？」

リリアは、勇者――アステアのことを認め、僕たちの仲間になることを許した。

僕やテセスは最初から反対していないし、コルンは『神の遣い』という設定に酔いしれているようにも見える。

「ええと……なぜかは知らないのですが、僕にだけスキルのレベルを上げる方法が見えているようなのです」

アステアにはスキルツリーなるものが見えていて、例えば【合成】スキルなら『高品質のアイテムを五十回以上合成する』などという条件が、いくつも書いてあるらしい。

特に最大レベルに上げるには、難しい条件も多いそうで、それが世界中の人たちのスキルが『レベル4』で止まってしまう原因でもあるようだ。

「本当だわ……私の【合成】スキルも簡単にお星様になっちゃった……」

リリアが条件を聞いて試してみると、あっさりと最高レベルになった。

なぜだろうか、お星様と聞くと残念に聞こえるのだけど。

コルンの固有スキルに関しては使用回数が関係しているみたいで、テセスの【鑑定】はそもそもレベルがない。

あと、残念ながら上位スキルに関しては、アステアにもわからないみたいだった。

別に隠しておくつもりもなかったので、持っているスキルや今のレベルはアステアにも伝えた。

それを聞いて、アステアは驚いた表情で問いかける。

「皆さまはどうやってそこまで強くなられたのですか？」

「どうやってって……普通に魔物を倒してきただけだと思うけど」

「えー……普通じゃないでしょ、普通じゃ。私は何度も死んじゃうと思ったわよ」

僕の言葉にリリアがツッコミを入れると、アステアがクスクスと笑う。

「前にセンが言っていたけど、アステアはずっとサラマンダーと戦っていたの？」

テセスが昔の話を思い出して、そんなことを聞いた。

サラマンダーが何者かに先に倒されるようになったせいで、絡新婦《じょろうぐも》と戦うことになったんだったか。

「え？　ご存じだったのですか？　確かに勇者と言われた最初の頃は、無理やり戦わされていましたが」

魔族は敵だと教えられて、数人の兵とともに戦いに明け暮れていたらしい。

「やっぱりあんただったの？　おかげで私たち、大っきい蜘蛛《くも》に食べられちゃうとこだったんだからね！」

怖い思い出が蘇ってきたのか、リリアが涙を浮かべながらアステアに掴みかかった。

完全に八つ当たりだけど、あれは僕も怖かったし、アステアには悪いけれど止めないでおこう。

アステアはスキルのことに随分と詳しく、習得できるスキルや、スキルレベルの上げ方も知っている。

スキルではない、本人の身体的なレベルは僕たちよりもかなり低いので、そこはどうにか同じくらいまで上げてほしいところではあるが。

「それでしたら、お爺さんの作った精霊武器を使わせていただいて、しばらく一人でレベル上げに勤《いそ》しもうかと思います」

何発でも矢を射ることができる弓とか、見た目より射程の長い剣があれば戦闘は楽になるだろう。

そういえばデッセルさんも、奇妙な武器を持っていたな……

「アステアは『銃』っていう武器、知ってる？」

「銃……ですか？　いえ、聞いたこともありませんが」

「そっかぁ。使い方も簡単そうだし、ちょっと僕も作ってみたくてさ」

デッセルさんの持っていた武器の話をすると、皆も興味津々の様子だった。

多分僕が作っても、魔力の矢が出るわけではないので、何か銃の中に入れるものを作らないと使えないだろう。

でも、【精霊鍛冶】のスキルならもしかして……と思うと、ちょっとワクワクしてくる。

「じゃあ、形だけでも作らないといけないなぁ」

武器としては使えなくても、実際に作ってお爺さんに見てもらおうと思う。

「デッセルさんって、どこでそんな武器を手に入れたんだろうね？　……そもそもセン、八階層で何してたの？」

テセスが僕の方を見ると、他の皆も視線を移す。

八階層でレベル上げをしていたことは、結局誰にも言っていなかった。

最近は村の冒険者たちも七階層や八階層を歩き回っているので、場所を変えることを検討中だけど。

恥ずかしいので言おうかどうか迷ったけれど、特に言い訳を思いつかずに正直に話すことにした。

「えっと……ちょっとレベル上げをコッソリと……」

このところ『退魔の香』を使ってばかりで、各階層のボス以外とはほとんど戦闘していなかった。

その中で僕だけがほぼ毎日、『集魔の香』を使って経験値を稼いでいたため、いつの間にかレベルの差が凄いことになってしまっていた。

「セン……今レベルいくつ？」

リリアが厳しい目つきをしながら聞いてくる。

「四十……五」

「私たちって今どれくらいか知ってる？」

「確か三十ちょっと……です」

最初はみんなと同じくらいまで上げたらやめるつもりだった。

でも、レベルが上がるにつれてスケルトンの攻撃は全く痛くなくなるし、下の階層のボス戦でも余裕を感じるようになってきたから、つい楽しくなってしまって。

「なんか強くなったなぁって思ってたけど、そういうことだったのね」

僕の話を聞いたリリアが怒る。

一人だけ強くなると魔物に与えるダメージ量が偏るし、それに合わせて得られる経験値も偏ってくる。

つまり、今のまま普通に戦い続けると、他の皆が得られる経験値が減って、レベル差がさらに広がってしまうのだ。

「罰として、しばらくは私たちの装備品作りに集中すること！　欲しい素材があるなら私たちが取ってくるから、センは戦い禁止！」

「頑張って追いつくから、村で待っててね。セン」

テセスまで僕が戦うことを認めてくれなかったが、仕方あるまい。

『退魔の香』もしばらくは使わないと言われ、皆のレベルが追いつくまで、僕は大人しくすることになった。

銃のことも気になるから、残念というほどのことでもなかったが。

そんなわけで、リリアとコルン、テセスはアステアを連れて十一階層でレベル上げを行うそうだ。

冒険者たちがこの階層に来たら毒消しがもっと大量に必要になるだろうから、その素材集めも兼ねているらしい。

僕はというと、依頼所のアッシュが座る席の裏にある部屋、いわゆるアイテム保管所にやって来た。

冒険者たちが納品したアイテムがここに集まっているのだが、お目当てはその中にある『風切り羽』。

三階層に出るアローバードという魔物からのドロップ素材なんだけど、僕たちはほとんど狩っていなかったのだ。

目的はもちろん、矢の作成。

他には風属性強化のアクセサリーが作れるが、そちらは今はどうでもいい。

「アッシュ、アメルさん、お疲れ様。納品されてる分、全部貰っていくけどいいかな？」

「えぇ、大丈夫よ。最初からそのつもりで帳面には書いてないから」

「セン、俺にも新しい武器を作ってくれよ。ちゃんと報酬は出すし……」

僕らが必要とする素材は常時採取依頼を出してある。納品や受け取りのたびに取引記録を帳面に記載していると本当に面倒なので、ある程度まとめて数量と金額を記載してもらっているのだ。

アッシュからは別口で依頼を一つ受け、そのアイテム作りも一緒に行うことになった。

家に戻って、まずはお爺さんに渡す武器の作成。

『世界樹辞典《ワールドディクショナリー》』を開き、僕は素材を選んで合成を行う。

鉄のインゴットと赤い石を五つ、それにサブの素材を加えて必要な特性を付与した。

赤い石は十三階層のレッドゴーレムからのドロップ品だ。物理攻撃のほとんど効かない石でできた魔物で、僕も久しぶりに魔法を使いまくった。

今回作る銃は形さえ成していればいいので、無駄な素材は使用せず、最低限の合成を行う。

《ファイアーイーグル：攻撃力15》

攻撃力が低くなってしまったが、お爺さんに作ってもらう際に良い素材を渡せば問題ないだろう。そのために、お爺さんに頼む分のメイン素材はいつも通り魔銀《ミスリル》を用意し、火の石は多めに欲しいのでリリアに採取を頼んでおいた。さらに金属で使えそうなものがあれば、いくつか入手してきてもらうことになっている。

僕は合成を終えると、早速お爺さんのもとを訪ねた。

「これが銃とかいうやつか……長年鍛冶師をやっておるが、こんな武器は見たこともない」

お爺さんに見本を渡してみると、目を細め、銃を舐《な》め回すように見た。

ついでに、『世界樹辞典《ワールドディクショナリー》』で気になってしまった一回り細長い銃、『ドラグナーライフル』とかいう武器も作ってお爺さんに渡しておいた。

どちらもやはり攻撃するには他のアイテムも必要みたいだったが、お爺さんの【精霊鍛冶】ならば、きっと上手くいく気がする。

「これは、お主が？」

「あ、はい。何かおかしいところでもありましたか？」

「いや……これだけでは武器とは呼べんのだろうが、この内部構造はどうやって……」

別に不思議なことはない。

何も考えなくたって、【マスター合成】スキルを使えば、『小瓶』を作る時には勝手に『小瓶』の形になる。

よくわからないアイテムでも、そういうものを作ると考えるだけで形はでき上がるのだ。まぁ、品質はそれなりだけど。

あとは二度三度と、そのアイテムを見ながら品質を高めていけば問題ない。

「ダメだ……内部が複雑すぎて、ワシには作れる気がせん……」

「そ、そうなんですか？」

「バラしてもいいのなら……いや、それでもすぐには無理じゃろう」

意外にも弱気なお爺さんの言葉に、僕はいったん家に戻って新たに五つの銃を用意し、再びお爺さんに差し出した。

これらを分解しようが溶かして鉄にしようが構わない。

【精霊鍛冶】による銃ができ上がれば、今よりもっと安全にダンジョンを攻略していけるはずだから、投資を惜しむつもりはないのだ。

「わかった！　期待に応《こた》えられるかどうかはわからんが、できる限りやってみよう」

お爺さんにそう言ってもらった僕は、足りなければ素材でも何でも用意すると約束した。

すぐに完成させるのは難しそうなので、僕は家に戻り、別のアイテム作りに取り掛かる。

『世界樹辞典《ワールドディクショナリー》』の弓の項、その関連項にある矢の中から『爆炎の矢』を見て、僕はニヤけてしまった。

インベントリに入れることができて、かつ、属性や威力を持たせられる矢――それが作れるだけの素材をすでに持っていたのだから。

《金属（3）＋赤い石（3）＋風切り羽（5）＝爆炎の矢（30）》

各素材はそこそこの量が必要だったが、完成品の数も多い。

なにより魔石を使った【合成】と違い、インベントリに入れられることが重要だった。

魔石は、もともとユーグが生み出したものではないからか、インベントリには入れられず、それを使って製作したアイテムも収納できない。それだけは、ちょっと不便だ。

金属には鉄のインゴットを、追加素材で大量に持っていたベノムバイパーの毒腺《どくせん》を使用。

やはり……インベントリ内ではスキルを使っている気がしないので、あえて机に並べて合成を行う。

そうして《弱毒爆炎の矢：攻撃力＋8、追加効果》ができ上がった。

12話

「何かいいアイテムでもできたか？」

料理を口にしながら、僕に聞いてくるコルン。

僕が戦闘禁止を命じられてから二日後、アステアを含めた皆で集まり、とね屋で食事をしている。

久しぶりにアッシュも一緒で、その横にはアメルさんも座っていた。

いつもより一回り大きな中央の席に案内されたため、周りの冒険者たちの声もよく聞こえてしまう。

「ぼちぼちかなぁ……お爺さんに頼んでみたやつは、けっこう難しいみたいで」

「あぁ、あの銃とかっていうやつか？」

形だけは皆にも見せたし、弓みたいな飛び道具だと聞いてコルンも興味はあるらしい。

アッシュも『早く販売してみたい』なんて言う。

「なんか、とんでもない話をしているようだな」

「ヤマダさん！　すっごく久しぶりじゃない？」

僕たちの席に現れたのは、魔王のヤマダさんだった。

最近顔を見ていなかったので、僕はちょっと驚いてしまった。

「そりゃあ、せっかく迷宮まで用意したってのに、ユーグの奴に力を使うなって止められちまったからな。やる気もなかったし、あっちで適当に過ごしてたんだよ」

そういえば、前にそんなことを聞いた気がする。

ヤマダさんが普通に戦う分には大して問題ないのだが、あまり大きな力を使うと世界樹の力も消耗されてしまうため、ユーグとしてはなるべく動いてほしくないらしい。

ユーグがヤマダさんに与えた力は、簡単には消すことができないのだとか。

「ユーグが死ねば、スキルの力も消えるだろうがな。まぁ、その時は世界中の命を道連れにだが」

邪竜に蝕《むしば》まれているユーグは、何もせずにいれば力尽き、この世界は滅んでしまう。

だからユーグは抑え込んだ邪竜の力を魔物という形で地表に排出し、それを討伐してもらうことで、邪竜を弱体化させようと考えた。

ヤマダさんを異世界から呼んだのも、排出したボスを討伐してもらうためだったのだが、本人はあまり関心がなかったらしい。

ユーグの力が弱まった今となっては、ヤマダさんに世界樹の力を使われるほうが困るため、僕たちに勇者と協力してダンジョンを攻略し、四龍というボスを討伐してほしい、とのことだった。

「なんでぇ、死ぬだの道連れだの。ちったぁ楽しく飲めねぇのかよ、若い兄《あん》ちゃんらぁ？」

さすが中央の席、周りにも話がだだ漏れだ。

すかさずヤマダさんがインベントリから小銀貨を取り出して、絡んできた冒険者の男のテーブルに置く。

「あーいや、悪かった。一杯奢《おご》るから許してよ」

「お、兄ちゃん、気が利《き》くじゃねえか。迷宮ん中じゃ見ねえ顔だが、冒険者じゃねえのか？　そういや王都から若いのが派遣されてくるってぇ話だが……まさかなぁ」

その話を聞いて、アッシュが話に割って入る。

「いや、こいつらはそんなんじゃないが。それよりもダラス、なんで若いのが派遣されてくるんだ？」

「なんでぇ、アッシュのダンナかよ。聞いてねえのかい？　王都の周りにある迷宮と違って、ここのは複数の階層がある。今まで王都付近のやつばかり調査してたみてぇだが、ついにこっちの番になったってことじゃねぇのか？　まだ人手不足みてぇだから、下っ端の連中が使いに出されたんだろうぜ」

「そ、そうか。教えてくれてありがとうよ」

「いいってことよ。エール一杯分の情報にはなっただろう？」

なるほど、ダンジョンができてエメル村は大騒ぎだというのに、未だに国が調査に来ないのは不思議だったけど……

「おい、魔王さんよ……一体いくつの迷宮を作ったんだ？」

アッシュが声を潜めてヤマダさんに問う。

「さぁな……五十を超えたところまでは覚えているが」

なんとなくミアから聞いてはいたけれど、僕が思っていた以上にエグかった。

ただ、王都付近に作ったダンジョンはエメル大迷宮と違って、それぞれ一階層のみらしい。

「それって、ちゃんと消えるんでしょうね？」

さすがに五十と聞くと……

一つのダンジョンでも大騒ぎなのだから、王都の人たちの生活が心配になってくる。

「心配だったらリリアちゃんが消してくればいいよ。奥にいるボスさえ倒せば、ダンジョンは綺麗さっぱりなくなっちゃうからね」

ちなみにボスへの扉は、『レベル10』以上でないと開けられないようになっているそうだ。間違えてダンジョンの中に入った一般人が扉を開けてしまわないように、という配慮らしい。最初の頃、エメル大迷宮の一階層で多くの冒険者が引き返したのは、レベル不足で扉を開けられなかったからみたい。

「だから今はまだ、攻略できる人がそもそも少ないハズだ」

「へぇー……あ、わかった。それを使ってアステアを殺そうとしてたんでしょ？　魔王って、魔族の王じゃなくて悪魔の別称かなんかじゃないの？　あの金色の種、どんな魔物が出てくるダンジョンなのよ？」

リリアは身を乗り出してヤマダさんを問い詰めるが、ずっと話を聞いていただけのアステアは、小声で『魔王？』と首を傾げる。

そうか、アステアはまだヤマダさんが魔王だってことを知らないのか。

「悪魔だの何だのと物騒なことを言っていると、また周りの冒険者に絡まれるぞ？」

ようやく空いた椅子に腰掛けて、お水を持ってきたマリアに『いつもの』なんて注文するヤマダさん。

マリアもヤマダさんを見るのは初めてではと思ったが、『わかりました』と言って奥へ下がっていった。

とね屋に『いつもの』という新メニューなんてなかったと思うが……

出てきたメニューは、とね屋に来るたびにヤマダさんが食べている肉野菜炒め。

マリアに聞いたら、『わからなかったから、そのままお母さんに伝えました』と言う。

「間違えていたらどうするつもりだったの？」

「これがうちの『いつもの』ですよ？　って言えばいいんだって、お母さんが言ってたわ」

僕の問いに、シレッとした表情でマリアが教えてくれた。

なるほど、メニューにないものを頼んだ客は、何を出されても文句は言えないということか。

とね屋にも『裏メニュー』なる料理はいくつもあるし、そのうちの一品だと言われれば納得せざるを……得ないのかなぁ？

あれこれ考えている僕をよそに、ヤマダさんは話を続ける。

「金色の種は、期間限定でレアな魔物が出てくるダンジョンだ。最初においしい思いをさせておけば、他のダンジョンも『そうじゃないか』と期待するだろう。どれも雑魚《ざこ》ばかり出てくるダンジョンで大して危険はないから心配すんなよ」

「雑魚ですって⁉　アレに出てきた魔物は雑魚なんかじゃなかったですよっ！」

「アステアっ、ちょっと声大きいんじゃ！」

ヤマダさんの言葉に、アステアが大きな声で反論した。

周囲の冒険者がこちらのテーブルを振り向くので、僕は慌ててそれを諫《いさ》める。

まさか勇者本人が僕たちと一緒のテーブルにいるとは思ってなかったらしく、ヤマダさんはアステアの存在に気づいて驚いているようだった。

勇者の動向を逐一ミアに報告させていたのに、今日はウッカリしていたのだろうか。

「はぁ……勇者がまさか一緒にいるとはな……」

「それよりも、先ほどから『魔王、魔王』と呼んでいましたが、もしやこの人が？」

勇者の目的は『魔族と、その王を倒すこと』。

魔族といっても、彼らが僕たちと同じ普通の生活を送っているのはアステアもよくわかったそうなのだが、その王である魔王のことはまだ信用できないようだ。

会ったこともなかったのだから当然だけど、それと同時に、なぜ倒さなくてはいけないのか、その理由も知りたがっていた。

「はぁ……面倒くさそうだから避けてたってのに。まぁでも、今はあその王とは繋がってないんだって？」

ヤマダさんは大きくため息をついて、アステアに問いかけた。

「……兵たちの行動に我慢ができなくなって、それ以来、城へは行っていません」

アステアはヤマダさんが作ったダンジョンのいくつかを兵たちと回っていたこともあり、その時の彼らの振る舞いがあまりに横柄だったらしい。

さらに、エメル大迷宮の魔物に恐れをなした兵たちは、アステアなど構わず一目散に逃げていった。

ダンジョンの奥深くに取り残されて、さすがにアステアも、もう兵たちを頼らないと決めたのだとか。

一度や二度ではなく、兵たちはそれまでも様々な場面でアステアを裏切る行動をとった。

「だから、僕は真実を追い求める一人の冒険者として、ここにいるのです」

ヤマダさんはアステアの言葉を聞いて、僕たちにも話したことのある昔話を少々語った。

アステアがそれを鵜呑《うの》みにすることはなかったが、少なくともヤマダさんに襲い掛かろうとするつもりはないみたいだった。

「それはそうと、さっき銃を作っているとか聞こえてきたが」

一区切りついて、ヤマダさんは話を僕の準備している武器のことに戻した。

「う、うん。弓みたいな飛び道具があったら便利だなって思って……」

なぜかイライラしている様子のヤマダさんだったが、一体どうしたのか尋ねてみたら、『なんでもない』とぶっきらぼうに答えられた。

見本で作ったものを見せると、攻撃するためには『弾』が必要になると教えられた。さらに、『取り扱いには注意するように』と忠告される。

実はこの銃という武器、ヤマダさんがこちらの世界に転移してきた時に、アレコレとユーグに作らせたアイテムの一つだそうだ。

もともといた世界にあった武器を真似《まね》たのだけど、昔はもっともっと多くの高レベルな冒険者や兵がいたものだから、ちょっとした世界大戦にまで使われてしまったのだという。

悩んだヤマダさんが、あちこちで武器だけでなく街や街道を破壊しまくった時もあったのだとか。

「あんたが国から狙われている原因って、それじゃないの?」

リリアがヤマダさんにハッキリと言っていたが、ヤマダさんはそれ以前から勇者に命を狙われていたらしい。

僕はそれよりも気になることがあり、『世界樹辞典《ワールドディクショナリー》』でこっそり調べてみた。

ホントだ、関連頁に『弾』っていうのがあるよ……気づかなかったや。

「聞いてるのか? セン?」

「う、うん。大丈夫、間違っても味方に当てたりしないようにするよ」

「そうじゃない。ただでさえ剣や魔法で戦《いくさ》の絶えなかった世界なんだ。あまりその銃を世間に広めるなって言ってるんだ」

剣や魔法なら、個々人のステータスや魔力に威力が左右されるし、今の時代はそれほど強い者はいない。

そもそも魔物の脅威があるため、人同士で争うこともあまりない。

ただ、魔物も簡単に駆逐できて、誰でも扱えて魔力も必要としない銃という武器が広まったら、また世界が大きく変わる可能性が高いのだとヤマダさんは言う。

「世界樹が枯れちまう前に、世界が滅びる可能性だってあるぞ？」

そうヤマダさんは続けたが、別に脅しでもなんでもなく、真実を述べただけとのこと。

「それに、そろそろ……」

何か言いかけたが、『やっぱ何でもない』と言って立ち上がり、とね屋を後にするヤマダさん。

アステアは『不思議な人ですね』なんて言うが、リリアは『ただの変な奴よ』と返していた。

僕が食事の最中にコッソリと『爆炎の弾』を三十発作っていたことは、その場の誰にも言わないでおいた。

13話

「むむむ……そんな話をされては、ワシも無茶苦茶はできんな……」

鍛冶場の横の工房で、僕とお爺さんの会話が続いている。

ヤマダさんに言われたことをお爺さんに伝えると、量産は絶対に避けようという結論になった。

とはいえ、魔物と戦うのには非常に貴重な戦力となり得る『銃』。

持つのは僕だけにして、人目につくところでの使用は控えることにする。

「さて、と。噂通りならば、そろそろ王都から新卒兵たちがやってくる頃なのだが」

アッシュとしては、どうもそちらのほうが気がかりなようで、いつになくソワソワしている。

お爺さんにはそのまま研究を続けてもらうよう頼み、僕たちは深く頭を下げて生産ギルドを後にした。

ここのギルド長には、ミアが就《つ》くらしい。僕たちの監視にもちょうどいいと言っていた。

ドワーフたちがいるから、同じ魔族の者のほうがいいのではないかという意見、そして、やはり年長者であるべきという点から選ばれたのだが……

ミアは見た目が十歳くらいの女の子なので、違和感がありすぎる。

さっそく依頼所との連携もとれていて、仕事は早いみたいだけどさ……

「本当に来るのかな？」

「王都から来た冒険者たちが言うんだ、間違いないだろう」

出迎えにはアッシュが行くらしいのだが、元聖女のテセスもまた同行することになっていて、なぜかそこに僕もいるという状況。

コルンや一介の冒険者だと失礼なことを言いそうだし、リリアは『嫌な態度とってきたら魔法を放ってもいい？』なんて聞いてくるので出迎えから外された。

アステアは、勇者だから村にいるのを知られたくないらしい。

村長も最近は腰の調子がよくないみたいで、養生中である。

だったら出迎えはアッシュとテセスだけでもいいのでは、と思うのだが、念のためもう一人欲しいとのことで、僕が入った。

それからしばらくして、村のそばに数騎の兵がやってきたのだが、まだ馬に乗ることに不慣れなようで疲れ切った様子を見せている。

「こんな遠くまでお越しいただき、恐縮にございます」

村の入り口で出迎えたアッシュは、頭を深く下げ兵に挨拶をした。

僕もそれに倣《なら》って頭を下げるのだが、近くに立つ馬の脚がフラフラとしている。蹴飛ばされそうで、少々怖い。

「これはこれは、お出迎えご苦労様です。……もしや、そちらの女性は聖女様では？」

「元、聖女ですわ。今は一介の冒険者の真似事をさせていただいております」

「なんと、聖女様自ら魔物討伐を!?　……そ、そうだ。この村に巨大な迷宮ができたと噂に聞き、我らが調査に赴《おもむ》いたのだが」

兵たちは馬を降り、近くの柵に手綱《たづな》をくくりつけた。

先頭の一人だけが僕たちの相手をして、その者の馬は別の兵が連れて行く。

おそらくこの人物だけが、他の人より位が高いのだろう。

それでも、二十歳にもなっていないくらいの若さ。やはり王都周辺のダンジョンのせいで、ちゃんとした人を回せない状況なのかな。

場所を依頼所の中に移し、大勢の兵がそこに集まった。

皆、鉄の鎧を身に纏《まと》い、脇には長剣を携えて、非常に物々しい雰囲気だ。

さすがの冒険者たちも今日ばかりはダンジョンに入る気にはならないようで、依頼所には彼らの姿はなく、朝から退屈そうにしていたアメルさんがカウンターにいるだけであった。

「ここの迷宮は、村が管理していると聞くが？」

兵長……でいいのだろう。先ほどから喋っているのはこの人だけだ。

「はい。私アメルと、皆様をお連れしましたそこのアッシュとで、中で採れる素材や、下層への探索状況などを取りまとめております」

「ふむ……これがその地図か。えらく上質な紙が使われているみたいだが、この村にそんな特産品はあったか？」

兵長が僕の作った紙を見ると、周りを見回しながらアメルさんに問いかけた。

「いえ……」

僕の作ったものだと言うのは簡単だが、アメルさんは僕に気を遣って詳しくは答えなかった。

そのせいで嫌な雰囲気になってしまったけれど、兵長が一言『それはおいおい聞くとしよう』と地図を丸めながら言って、とりあえずその場は収まった。

今日のところは一泊野営をして、翌日からダンジョン内に足を運ぶそうだ。

とね屋には多くの冒険者が宿泊していて、すでに満室。いくら国の兵であっても、後から来て冒険者を追い出すことはしない。

最初から寝泊まりは外で行う予定だったそうで、アッシュたちが内心危惧《きぐ》していた宿の問題は解消されたのだった。

日が暮れ始め、せめて食事くらいは温かいものをと、テセスがスキルを活用した料理の数々を兵に振る舞っていた。

場所は依頼所の広間。

どうせ兵たちがいてアメルさんたちは仕事にならないし、だったらいっそ、貸し切りにしてやろうということだ。

冒険者たちの不満は、とね屋での飲み放題で黙らせた。飲んでさえいれば細かいことは許してくれるのだから扱いやすい……なんて思ったけれど、口にはできないな。

「まだ料理に慣れていないのですが、お口に合いますでしょうか？」

「いやぁ、まさか聖女様の手料理をちょうだいすることになるとは。おいっお前ら、こんな幸せは二度と起こらねぇからなっ！　感謝して味わうんだぞ！」

「「はいっ！」」

テーブルも椅子も用意できなかったが、大勢の兵たちは床に座りながらテセスの料理を美味しそうに口にしている。

扉を一枚隔てた向こうには調理器具があるわけでもなく、テセスがスキルで作った料理をインベントリからポンポンと取り出していくだけだったのだが。

僕も一緒になって裏で配膳の準備をしていたから、ちょっとばかし不思議な気分になってしまった。

「よかったら、センとアッシュの分も用意するわよ？」

兵たちの前に並んだ炒め物や揚げ物、どうやって作られるのか想像もつかない糸状の具が入ったスープ。

そんな料理の数々を食べてみたくないわけではないが……

「あれの素材って、やっぱり？」

「え？　いつも狩ってる魔物のお肉とかよ？　そういえばセン、まだ魔物肉が苦手なの？」

実はそうなのだが……一体いつからだろうか？

グレイトウルフの肉や、池にいたカエルの肉、グールの腐肉なんかを見ていたせいか、魔物の肉と聞いてもあまり食欲が湧かないのだ。

◆　◆　◆

よく考えたら当然のことなのだろう。
俺――ヤマダがこの世界に来た時に、前の世界の知識でアレコレとユーグに作らせすぎたのだ。

基本設定は某ゲームソフトだったと思うのだが、それに加えて、俺が『あったらいいのに』と思ったものは何でも付け加えてやった。

そもそもこの世界に呼び出されてから、実際に地上に召喚されるまでに丸一日かかるって言われたのがおかしい。

肉体の再生成や、それに伴う情報の操作なんかで、えらく時間がかかっていたのだ。

そりゃあ、『待っている間に、何か希望するものを考えておいてくださいね』なんて言われたら、いくらでもネタが湧き出てくるじゃないか……

今歩いているのは、王都の周辺に作り出したダンジョンのうちの一つ。

低レベルのスライムやウルフばかり出てくるダンジョンが多い中、ここを含めたいくつかのダンジョンの適正レベルはやや高めだった。

と言っても、あくまでもこの世界の住人にとっては、の話。

国の兵は簡単な調査をしただけで、ほとんど手つかずの状態で放置されている。

「なんでこんなに衰退しちまったのか……」

ボス部屋まで最短の道のりで歩きながら、俺は考えていた。

銃もそうだが、記憶が確かならライトサーベルとかクマのぬいぐるみも作ったはず。

どちらもインテリアとして使われるのなら問題ないが、アレらは確か、最強クラスの攻撃力を秘めている設定にしたような……

なんにせよ、宝箱から入手しない限り、センたちが気づくことはないはずだ。

それよりもスキルのほうが怪しくなってきた……俺は一体、何のスキルをユーグに作らせただろうか？

『後からは追加できませんよ』なんて言われて、その場で思いついたものを片っ端から言っていた気もする。

【経験値十倍】だか【二十倍】だか言った際に、『人の器には入れられません』とか言われた覚えがある。だから、無茶苦茶なスキルは全て却下されたハズなのだ。だったら安心か？

いつもの黒い竜装備のまま、俺は剣を一本持って二足歩行のコボルトを倒していく。

大技を使ったり、ダメージを受けたりしなければユーグの力を消耗させることはない。

最近我慢していたせいか、暴れたくて仕方がなかったのだ。

最奥の扉に手をかけ、俺は広い部屋の奥にたたずむ三匹のクーシーに目をやった。

見た目はウルフを筋肉質にした感じだろうか。

ここら辺は俺のイメージが曖昧《あいまい》だったせいで、中途半端な魔物に仕上がってしまった。

似たような魔物だとメイスファングもいるが、あまりにも似すぎて『世界樹辞典《ワールドディクショナリー》』の中が酷いことになっている……

「渡しちまったんだっけな……」

『世界樹辞典《ワールドディクショナリー》』は俺だけが持っていたアイテムで、最初は『たいせつなもの』の保管場所を作って、そこに置いておこうと考えた。閲覧のみで移動不可、ということにして。

しかし、それじゃあ俺が死んだらそれまでだと思い、世界地図とともに『通常アイテム』として作ってもらったのだ。

あれを隅々まで調べられたら、俺が昔考えたアイテムや魔物やスキルや街の名前が……あぁ、やめておけばよかったか。

今さらながら、少々後悔し始めていた。

『グゥルルルル……』

「うるせぇよ、大人しくドロップアイテムになっておけ」

俺の剣は、宝箱から出たユーグ特製のエレメンタルソード。

精霊の剣とも呼んでいるが、まぁ簡単に言うと全ての属性を持つ剣というやつだ。

攻撃力自体はそれほど高くないが、物理もしくは魔法無効の魔物にもダメージを与えることができるし、優位属性や劣位属性もない特殊な武器である。

見た目以上に攻撃範囲が広く、簡単ななぎ払いだけで雑魚ならば瞬殺できるのだが……

『ブンッ』と振り回すと、襲ってきたクーシーの身体は上下真っ二つに分かれて消えた。

そういえば、ユーグからサンプルで見せてもらった武器にも不思議な力が備わっていた。

あの時はブーメランだったか。

ひどく原始的な武器を扱うものだと思っていたが、投げた先で物に当たると、消えて手元に戻っ

てくる仕様だった。

そんな不思議な力は以前の世界にはなかったため、驚いたことを鮮明に覚えている。

「ん？　そういえば、羨ましくてそんなスキルも作ったな。確か、俺が習得して使おうかと思っていたのだが……」

何というスキルだっただろうか？

弓ならば矢を、銃ならば弾を必要としない武器を作れるスキル。

それだけでは効果が限定的すぎるから、他の武具にも適当に能力がつくように調整したと思うが……まぁ、今の世界にそんな稀有《けう》な能力を持つ者も現れないだろうし、あまり気にしないでおこう。

クーシーからは爪がドロップされる。

それほどレアなアイテムでもなく、すでに俺のインベントリには『99個＋』が入っている。ようするに百個以上というわけだ。

インベントリ……か。

荷物を世界樹が預かるというのは面白い仕組みだが、それには『捨てる』という項目もある。

ユーグの説明だと、捨てられたアイテムはユーグの力になるので、世界の延命にもつながるらしい。

ボスであるクーシーを倒した影響でダンジョンが崩壊し始め、地上に強制送還されるまで六十秒。

俺はインベントリから不要なアイテムを『捨て』まくっていた。

中にはレアなアイテムもあったが、どのみちすぐに使う予定はない。

まぁコレクションに一個ずつ残したりはするのだが、これでユーグの延命につながるのなら、別に惜しくはなかった。

強制送還が済むと、そこにはダンジョンを見張っていた兵士がいたが、俺は無視して次のダンジョンへと向かう。

「おいっ、……お、お前がこの迷宮を!?」

一介の兵士などにいちいち構うつもりはない。それに、おそらくこいつが何を上申《じょうしん》しようが聞き入れられないと思う。

だから無視したのだが、俺を制止するために剣を抜いたので、『麻痺《パラライズ》』の魔法を使ってやった。

「んー……そろそろエリアを崩壊させるって言ってたが、まぁセンたちなら問題ないだろう。しかし……はぁ……他の街は俺たちでなんとかするしかないのか……」

一人、人族の大陸を歩く俺は、ため息をつきながら服のポケットに手を突っ込み、遠くに見える街を眺めながら歩いているのだった。

14話

食事を終えた兵たちは依頼所から出て、外で野営の準備をしていた。

依頼所では通常、深夜でも誰か一人が残って村の外に出て行った冒険者の帰りを待つのだけど、最近は外に出る冒険者が滅多にいないから、今日は無人にする予定。

なので、兵に滞在されては困ってしまうというわけだ。

厳重に戸締りをして、最後にはアッシュかアメルさんが『鍵』のルースで魔法を使う。

これで、同じ魔法を再び使わない限りは開かなくなる。

『鍵』は、最近ミアがわざわざヤマダさんから聞いてきた魔法だ。

僕たちもそれぞれの家に戻り、明日からのダンジョン調査同行の準備をして就寝した。

準備といっても、インベントリから必要なアイテムを取り出して袋に詰めるだけの作業。

兵たちを守るために、ありふれた鉄の剣（ただし強化済）を一本、怪我をした時のポーション（ただし高品質）を入れた。

あとは出発時に忘れずに持っていくだけなのだが……正直、これが一番の不安。絶対に忘れそう。

『君は、何も持たずに入るのかね？』

兵長のそんなセリフが聞こえてきそうだ……

夜、村中が寝静まった頃、僕はチラチラと外の灯りが揺らめいているのが気になった。

兵たちが火を熾《おこ》して寝ているのだろう。

室内に飾ってある置物の影が、まるで生きて踊っているように感じられ、それをボーッと眺めているうちに、意識が遠のいていった。


「おいっ！　なんだあの魔物はっ？」

「魔物が出るのは迷宮内だけじゃないのかよっ！」

眠りについたのも束《つか》の間《ま》、今度は家の外が騒がしく感じ、僕は目を覚ました。

「……ん、んん？　何かあったのかな……？」

窓から漏れる灯りが先ほどより一層揺らめいて見え、わずかに声が部屋まで届く。

魔物が出た？　村の中に？

まさか、たった一日ダンジョンに人が入らなかっただけで、中から魔物が溢れ出たとでも言うのだろうか？

あるいは、ヤマダさんが原因ということも大いに考えられる。

気になって外に出ると、アッシュがちょうど家の前にやってくるところだった。

「あっ、ちょうどいい！　ついて来てくれないかっ！」

慌てた様子で、ダンジョンとは逆方向へ走り出すアッシュ。

「魔物はダンジョンから溢れたんじゃないの？」

「俺も最初はそう思ったが、入り口には何の変化もなかったんだ！　とにかく、魔物は向こうの方へ飛んでいったらしい！」

……飛んでいった？

この辺りに空を飛ぶ魔物はいただろうか？

アッシュの話では、北の山の山頂付近から数体の魔物が近づいてきて、村の上空を通り過ぎたらしい。

スライムならば村の中で見たことはあるが、空を飛ぶ魔物なんて見たことがない。

教会の近くを通り、村の外周へとやってくる。

何人かの村人は、心配そうに家の前で様子を眺めていた。

『危ないから』と言えばすぐに家の中へ入っていったが、やはり皆、気になってしまうのだろう。

魔物が出たというのに、外には何人もの村の人たちがいた。

中には、時々見かける冒険者の姿もあり、兵長と何やら言い争っている様子も窺える。

「危険だと言っておるのだ！　お主らも魔物の影は見えたであろう！」

「何言ってんだ！　あんな巨大な魔物が現れたんじゃあ、どこにいたって一緒じゃねえか！　だったら俺たちだって戦うっつってんだよ！」

長いこと村にいた人の中には、その冒険者に同調して武器を手に前に出ていく者もいた。

また別の冒険者は、夜中だというのに村から出て、別の街を目指そうと準備している。

「待ってくれ！　まずは、何があったのかを教えてくれないか？」

「おぉ、アッシュからも何か言ってやってくれ！」

すぐに冒険者に詰め寄られてタジタジのアッシュを、僕は少し離れた場所から見ていた。

兵長もアッシュとの会話に加わる。会話の内容がこちらにも聞こえてくるが、アッシュから聞いた通り、巨大な空を飛ぶ魔物が上空を通過して、村から少し離れたところに降り立ったのだとか。

他の魔物を捕食するためか、しばらく鳴き声が聞こえていたが、今は静かになったところだという。

「ありゃあ、きっと伝説のドラゴンってぇやつだ！」

「何言ってんだ、見たこともねぇくせに。そんなもんが現れたら世界はお終《しめ》ぇだ！」

「マジかよ……せっかく城に仕えるようになったってのに……」

「俺たちの任務は迷宮調査だろぉ!?　ふざけんなよ……」

冒険者も兵たちも、それぞれ思い思いの感情を口にしている。

アッシュと一緒に確認に行くつもりだったが、これだけの騒ぎをそのままにして村から出ることは難しそうだ。

『アッシュ、僕が様子を見てくるよ！』――と、アッシュに向けて手を振り、仕草だけでなんとか僕の言いたいことを伝える。

アッシュからも手を重ね合わせた『すまん、頼んだ！』といった仕草が確認でき、僕は村の外へと駆けて行った。

巨大な魔物といっても、おそらく絡新婦《じょろうぐも》よりは小さいと思うし、強さはグレイトウルフ以下だろう。

僕にだって、これまで様々な強敵と戦ってきたという自信はある。

「空飛ぶ魔物かぁ……あまり使うなって言われたけど、まぁ緊急事態だし……」

僕はインベントリからファイアーイーグルという、デッセルさんの持っていた銃を取り出して弾を込める。

残念ながら、一度に五発しか入らないみたいだけど、飛ぶ魔物なら剣では倒しづらいだろうから仕方ない。

「うわぁっ！　な、なんだよこいつは⁉」

魔物がいる場所にたどり着くと、怯えて震えている冒険者が一組いた。

長剣を持つ男は座り込み、腰を抜かしたのか動くこともままならない様子。

灰色の動きやすそうな短い服を着たのは女性だろうか？　そちらもまた、短剣をかざしながら足を震わせている。

そしてもう一人……あまり表現したいものではないが、若い男性と思しき人物は、頭を魔物に咥《くわ》えられて、全身は力なく垂れ下がっていた。

すぐに『世界樹辞典《ワールドディクショナリー》』を開き対策を考える。

魔物はコカトリス。尾の長い鳥で、体長は五メートルほどだろうか。

それが二羽……いや、魔物だから二体と言うのか。

『クケエエエ‼』

冒険者の頭を咥えていた一体のコカトリスが高い声を響き渡らせると、口元からズルリと冒険者が滑《すべ》り、一段低くなっている向こう側の地面に落ちた。

落下地点を直接見たくはない。確かあそこには岩が転がっていたと思うのだが……

グシャ……という鈍《にぶ》い音に混じって、金属のぶつかる音も聞こえる。

いつもの僕なら、きっと『目立ちたくないから』なんて理由で、銃を使うことを躊躇《ためら》っただろう。

だが、さすがにこの状況。僕は迷わずに銃口をコカトリスに向けた。

ズガァァンンン‼　ガァァァンンン‼

二発の爆炎の弾がコカトリスに命中し、『グギャアア……』という鳥らしくない鳴き声とともに一体が地に伏した。

続けざまにもう三発。

もう一体のコカトリスが倒れるまで、非常に長く感じた。

素材や宝箱、魔石は何が手に入るのか。

そんなことを考える余裕はなく、僕は息荒く、構えていた銃をやや下向きにして前を見据える。

「……のかっ……いと！」

「……いっ、きいてるのかっ？　おいっ！」

どれほどの時間、こうしていたのだろうか？

何度か冒険者の声が聞こえて、僕はハッと我に返った。

「おいっ、大丈夫かっ？　ここは危険だ、早く人里に戻らないと別の魔物が！」

男の冒険者が僕の肩を揺さぶって、ずっと呼びかけていたようだ。

その後ろにいたはずの女性冒険者は、倒れている男性のもとに駆け寄っていたが、その方向から聞こえるのは、悲痛な嗚咽《おえつ》混じりの泣き声だけ……

小さな頃から教えられていたはずなのだが……ヤマダさんと出会い、自分自身も強くなり、魔物の恐ろしさを忘れていた。

村の近くで冒険者が犠牲になり、それでも僕は今のやり方を貫《つらぬ》くのか？

目立ちたくないだの、面倒なことに巻き込まれたくないだのと……

僕は冒険者たちにすぐに戻ると断ってその場を離れ、転移で村に戻ってリリアの家を訪ねた。

「どうしたの……？　なんだか騒がしいみたいだけど？」

「ごめん、あとで説明するから。あのさ、リバイヴポーションを持ってたのってリリアだったよね？」

あの男性冒険者がコカトリスに襲われた瞬間は見ていないが、まだそれほど時間は経っていないはず。もしかしたら今すぐに使えば……

「ええ……そうよ。誰か倒れたのね？　急いで持っていってあげて」

リリアは多くは聞かずに、僕にリバイヴポーションを渡してくれる。

周囲には何人かの村人の姿もあったというのに、僕は急いで転移した。

「まったく……もう隠す気なんて全然ないじゃないの」

そんなリリアの呟きが聞こえた気がした。


「これを飲ませてください！」

コカトリスと見《まみ》えた場所へ戻ってリバイヴポーションを差し出すと、二人の冒険者は突然出現した僕に驚きのけぞった。

「ま、また現れたのかっ？」

何だ？　僕は二人を怯えさせるようなことを、何かしただろうか？

男性冒険者は剣を僕に向けつつ、仲間の亡骸《なきがら》を担いでその場から立ち去ろうとする。

女性はその背後に隠れ、魔物を見るかのような目で僕を睨みつけていた。

「あの……これで早く回復しないとっ！」

「来るなっ、バケモノ！」

僕が一歩前に足を出すと、二人はさらに身を引いた。

妙な武器で巨大な魔物を倒し、突然消えて再び現れたかと思えば、謎の液体を飲ませろと突き出された——相手の立場になってちょっと考えてみれば、不審がられるのも無理はないと思う。

だけど……

「黙ってこれを使って！　……それとも君たちを倒してでも、僕が無理やり飲ませればいいのっ？」

「ふざけんじゃねぇ！」

少しばかり強い口調で言ってみたが、全く聞き入れてくれない。こうしている間にも、時間は刻一刻と過ぎていく。

「……アイスピラー！」

悠長に問答を繰り返してはいられないので、僕は二人の背後に魔法で大きな氷柱を作り出した。

「ひっ！　や、やめてくれっ」

まるで僕自身がボスにでもなったような感じじゃないか。

冒険者たちは逃げることなどできず、ゆっくり近づいてくる相手になす術《すべ》もない。

だが、別に危害を加えるつもりはないのだ。

時間がないのだから、これくらいのことは許してもらわなくては困る。

「退《ど》いて……その人を早く助けなくちゃいけないんだからさ」

一歩、また一歩と近づき、ついに僕は冒険者に手が届く範囲まで歩を進めた。

向こうも恐怖で無我夢中だったのだろう。

次の瞬間、男の剣が、僕の腹部目掛けて突き立てられた。

レベル差が大きいせいか、ほとんどダメージは受けなかったが、赤い血が服に滲《にじ》んでいる。

実際のところ、あまりにも剣が遅いので避けることは簡単だったのだが、僕はそうはしなかった。

そのまま無理やり近づいて、倒れている男の口元に強引にリバイヴポーションを流し込む。

それから、倒れている男がどうなったのかは知らない。

目覚めたもう一人の冒険者がどういう反応をするのか、仲間の回復を見た二人は何を思うのか……それが怖くて、その場から逃げるように転移して村に戻った。

だが、コカトリスを倒しただけで深夜の騒ぎが収まったわけではなかった。

上空では鳥型の魔物と何かが暴れ回り、地上ではホーンラビットやスライムが村を荒らしている。

その光景が目に飛び込んできた時、僕はヤマダさんの言葉を思い出していた。

『世界の崩壊』――きっと、それが始まったのだ。

じゃあユーグは、邪竜にやられてしまったのか？

焦らなくていいからと言われ、ゆっくりとしすぎていたのか？

そんなことを考えながら、僕はしばらく無言で突っ立っていたのだった。

6章《吹っ切れ》

1話

「傷の深い人を優先しなさい！　ポーションならそこに山積みになっているでしょ？　自分で動ける人は、それでも勝手に飲んでなさい！」

教会前、テセスが怪我人の治療にあたっている。

「センっ、起きてたのね？　アッシュとコルンなら、あっちの方に行ってるわ」

テセスが怪我人に治癒魔法を使いながら北の山の方を指差し、僕は軽く頷いて、二人のもとへと向かう。

反対の方角からはバリバリという轟音《ごうおん》が聞こえるので、おそらくそちらにはリリアが行って魔法で魔物に対処しているのだろう。

冒険者たちもダンジョンでレベルが上がったおかげで、村に入り込んだ魔物の討伐は問題なくできそうだった。

むしろ、レベルの低い兵たちが前に出るせいで、怪我人が増えている気がする。

そういえば、僕たち以外の人が魔法や剣を使うのをあまり見たことがないが、兵たちはレベルが低く武器も普通というわりには、何とか魔物と戦えているようだ。

ステータスではなく、経験や技術の差なのだろうか。

「アッシュ、コルン！」

キングスパイダーやワイルドボアが山の方からやってくるのが見え、それを二人が迎撃している。

「戻ってきたか、セン」

「俺たちはもう三十体は倒したぜ。な、アッシュさん」

「あぁ。今のところは弱い魔物ばかりだが、油断はするなよ」

今は自慢話をしている場合ではないと思うが、コルンは頑張っているようだし、とやかく言ったりはしない。

「わかってるって！　くらえっ！」

コルンの放つ矢が、先頭を走るワイルドボアに命中。

他の魔物は矢に一瞬怯み、その隙をついてアッシュが魔法を放ちながら接近した。

何体もいた魔物は、すぐに全滅だ。
二、三人の冒険者が様子を見にきていたが、アッシュたちの動きを見てすぐに別の場所へと移った。

聞き間違いでなければ、『さすがはアッシュと一番弟子だな』なんて言っていたようだが。

僕だって……いや、この武器はやめておこう……

右手に持っていた銃を見つめ、それをインベントリに片付ける。

代わりに、一本の剣を取り出した。

いくつかの魔文字を入れて魔法も使えるようにした、淡《あわ》く煌《きら》めく薄緑の長剣、『新緑の薄刀《ティベリウス》+9』。

僕仕様にと、ちまちま魔石を集めて作っていた一本で、以前使っていた長剣の強化版といったところだ。

名前は……恥ずかしながら以前から考えていたもので、『世界樹辞典《ワールドディクショナリー》』に掲載されているものとは関係ない。

「見た目は変わってるけど、これなら使っていてもおかしくない……よね」

剣ではあるので、銃を使うよりは目立たないはずだ。さっきのような緊急事態ならともかく、普通の魔物討伐に銃を使って目をつけられたら、ヤマダさんの恐れていることが現実になってしまう。

「おっ、ついに完成したのか？　へぇ、レーヴァテインと違ってすぐに折れそうだな」

「ははっ、いいんだよこれで。軽くて使いやすいし、硬そうな魔物って、魔法のほうが効果が高いことが多いからさ」

二人に聞いたところ、アステアは兵を二人ほど連れて王都の様子を見に行ったそうだ。

リリアはミアとともにいるらしい。ピヨちゃんやクロもいるし、そちらは問題ないだろう。

「あぁ、頼んだぞセン！　じゃあ、俺たちもやってやるか、コルン！」

「よっしゃ、任せてくれよアッシュさん！」

「僕は村の中をっ」

突然訪れた魔物の襲撃がいつまで続くかわからないけれど、それぞれが思い思いに動いていた。

周囲の視線からすると、村の皆にとって、僕たちの力は化け物みたいなものなのかと少々戸惑いもしたが、それで村が救えるのなら大いに結構。

剣でなら大して怪しまれることもないと思い、僕は全力で駆けていた。

一部が壊された建物も見受けられるが、そのほとんどがホーンラビットの角の痕《あと》のようだ。

木製のドアに穴が空いていたり、石壁の角が欠けていたりする。

兵や冒険者が戦っているところに割り込み、僕は剣で魔物を斬り裂く。

「な、なんだっ⁉」

「つぇ……ってオイ、あれアレクんとこの坊主じゃねぇか！」

「なにっ！　あの引きこもり坊主か！」

冒険者の口から出たのは、僕の評価がよくわかるセリフだ。

村を出る時は、人目を避けてレベル上げや素材集めに行くことがほとんどだったし、転移で出てしまうことも多かったので、村の人たちは僕が外に出る姿を見ていないのだろう。

だから、『村から出られない坊主』なんて呼ばれていたのは知っていたけれど……

ちなみにこの翌朝からは、『引きこもり剣士』という不名誉な呼び名をちょうだいした。

「そんなことより、早く村を守らなきゃ！」

ざわつく冒険者たちを窘《たしな》めつつ、僕は自分で作った魔符を数枚渡しておいた。

火の魔符なんて使ったら火事になるだろうし、風や水は味方を巻き込むかもしれない。

となれば、地の魔符が適切なわけだけど、実は一回も使ったことがない。

「威力はわからないから、周りに人がいない場面で使ってね！」

そう言って僕は次の場所へと向かう。

「お、おいっ！　こんな貴重なもん、お前どうしてっ？」

冒険者が何か言っていたようだけど、早く他の場所の状況を知りたかった僕は、特に反応せずにその場を去った。

次に目に入ったのは、傷ついた兵が二人と冒険者が二人。

「大丈夫っ？」

「あぁ、アレクんとこの……ここはなんとか、な」

今し方戦いを終えたらしく、近くにはベノムバイパーの死体がいくつか転がっている。

「もしかしてコイツらも村に入ってきてたの？」

「あぁ……兵士たちが噛まれちまったもんだから、今からアメルさんとこに薬を取りに行くつもりだ」

そう言って、冒険者の一人が依頼所を見る。

確かにそこに行けば、ダンジョンの十一階層で必要なアイテムとして、解毒薬が置いてある。

だけど、失血毒という状態異常の場合、体力の減少速度は非常に速い。

取りに行ったのでは、おそらく間に合わない……

「こ、これを使ってよ！　あと、ポーションも置いておくから！」

「え？　あ、あぁ……坊主、今どこから出したんだ？」

「そんなこと今どうでもいいじゃない！　魔法だよ魔法！　僕が引きこもって魔石とか弄《いじ》ってるのはみんな知ってるんでしょ！」

先ほど言われた『引きこもり』設定を嫌みったらしく、二人の冒険者に言ってやった。

すると、不思議なくらい納得されてしまって、またも僕は不愉快な思いをする。

やはりこの二人の冒険者にとっても、僕は『引きこもり坊主』なのだろう。

「おうっ、助かったぜ坊主。その魔法、あとで俺たちにも教えてくれよ」

「嫌《や》だよ！　そんなことより、他にも噛まれた人がいたら、さ」

僕はインベントリから大量のポーションと解毒薬、ついでに二人の弱い武器を少しだけ強化した魔銀《ミスリル》製に交換した。すると――

バキッ！

「キャァッ……!?」

アイテムを取り出して地面に置いた直後、ドアの破壊音と女性の悲鳴が聞こえてくる。

目をやったその先には、家の中で座り込む婦人と、一匹のホーンラビット。

今にも襲い掛かろうとしているところだ。

「アンヌっ！」

それを見た冒険者の一人が叫び、駆けていく。

ただ、距離が遠く、魔物の攻撃に間に合いそうもない。

「アイスニードル！」

魔物の足元から氷の針を出現させた。

手から勢いよく放つより威力は低いが、地面からは瞬時に出現・命中させることができるし、ホーンラビット程度なら簡単に仕留められる。

なかなか手に入らなかった『氷』の魔文字が入った魔石も、上級魔石が見つかるようになってようやく五つ集まった。

ダンジョンに潜りつつ、たまに気晴らしに外へと出かけながら集めた、ここ数十日の成果だ。

まぁ、リリアに魔法を頼りっきりでは恥ずかしかったので、僕なりに考えてそうしたんだけど。

「ぼ……坊主、その魔法は……あ、いや、スマン。ここは助けてもらって礼を言うところだったな。ありがとう！」

女性はこの冒険者の妻だそうだ。

家のドアが破壊されてしまい、中も安全とはいえないからと、女性は教会へ向かっていく。

その後も何組かの戦闘場面に出くわし、魔物を倒していった。

村をぐるりと一周し、依頼所とギルドが建ち並ぶ前まで来る。

二つの重い扉はほぼ無傷で、中で休んでいるドワーフたちも大丈夫なようだ。

「よかったよ、みんな無事みたいだね」

「ハハハハッ。ワシらのことなら心配せんでもええよ。あの程度の魔物にやられたりはせん。むしろ手助けしてやれんのが口惜しいわい」

ドワーフ族のボイルが、娘のナルカナの頭をポンポンと叩きながら言う。

そういえば、ナルカナですらコルンと互角以上に戦える剣の腕前なのだ。

実戦ではわからないけれど、きっとドワーフ族は戦闘にも長《た》けている種族なのだろう。

なぜ今戦えないかと言うと、人族の兵たちが来るために先日からギルド内で待機となっているからだ。

生産ギルドの出入り口で、魔物はほとんど退治し終わったためにそろそろ落ち着くだろうと話す僕とボイル。

「ば、化け物っ！」

そこに、再び女性の叫び声が響いた。

僕は誰かが魔物に襲われているのかと気になり、振り返る。

生産ギルドの入り口にはすぐに兵や冒険者が集まってきて、僕も声のした方向に目を向けた。

「お、おいやめろよ。俺たちを助けてくれた奴じゃないのか？」

「そ、そうだけど……変な武器を使っていたし。それに一瞬で消えたのよ……？」

そんな会話をしているのは、コカトリスに襲われていた流れの冒険者三人組だった。

僕を庇《かば》う発言をした男――その時は顔がひどい状態だったから確証はないが、おそらくリバイヴポーションで生き返った冒険者だ。

化け物というのは僕のことだろう。それはまだ許せるのだが……

「何の騒ぎだ……ん？」

ギルド内の状況に真っ先に気づいたのは、兵長その人。

僕とボイルも、呆気にとられて扉を閉めなかったのが悪かった。

兵長がボイルの姿を見るなり、『魔族めっ！』なんて大声で叫んで剣を抜いたのだ。

珍しく人を恨んだ。なぜこの三人組の冒険者は、こうも僕に不利益をもたらすのかと……

2話

傷ついていた兵、十五人。

ちょっと黙っていてほしい冒険者、三人。

理解のある兵と兵長、合わせて六人。

これが僕たちを軟禁した人たちだ。

「ここはドワーフ族の工房です。あなたたちの言う魔族ではありますが、人に危害を加えるようなことはありません」

急遽《きゅうきょ》テセスを呼び出して、皆に説明してもらうことになってしまった。

魔族とは何ぞや、勇者として、国に仕える者としての正しい行いとは何ぞやと……

横で聞いているだけで眠たくなるが、兵たちはそんなことはないようだ。

ほとんど眠らずに戦っていたのだし、そろそろ夜が明ける。

アッシュはシャンとしているが、隣にいるコルンも僕と同じく眠そうだった。

それにしても、テセスはインベントリや世界樹のことを濁《にご》しながら、上手いこと喋るものだと感心した。

僕を化け物呼ばわりした三人の冒険者も、次第に口数が減っていっている。

とりあえず、僕は聖女の付き人のような立場にされてしまったのだが、それよりも気になるのはテセスがキツい口調で言った言葉。

『文句を仰《おっしゃ》るのでしたら、治療に使った貴重な霊薬代として金貨一千枚、もしくはそうですね……あなた、もう一度死んじゃいます？』なんて脅して……これで聖女と呼ばれるのだから不思議で仕方がない。

兵長が一歩前に出て、テセスに向かう。

「聖女様……私たちにはあなた様が何をなさろうとしているのかは存じません。しかしながら、彼がこの者たちの命を救ったのは事実でしょう」

悪いことを考えている者が、わざわざ人助けをするとは考えにくい。

ミアとリリアは外で待機しているが、ここにいるアッシュやコルンもまた魔物退治を行っていた。

全ては村のためを思って、だ。

ドワーフの大人たちも、特に気にしていない様子。

もう夜が明け、兵たちも休息が必要だろうからと、アッシュとテセスが休息の場の準備を始めていた。

ドワーフからの提案で、今日はこのギルドで一日休むことになったのだ。

『ワシらより随分弱っちい』とボイルさんが言うように、兵たちはドワーフに奇襲を仕掛けても返り討ちにされるくらい、力の差が歴然なのだとか。

一応武器は預かっておき、ギルド内には素材だけが残っている。

「こっちは強いといいんだがな」

ボイルさんは、あぐらをかきながら一つの陶器の入れ物を取り出した。

ポンッと栓を抜くと、辺りにキツい刺激臭のようなものが漂ってくる。

「な、なんだこれは？　まさか……毒では」

「なーに言ってんだ、ワシらの命の源『火酒《かしゅ》』ちゅうもんじゃ」

するると、後ろにいたドワーフたちも同じ入れ物とコップを手に、ワラワラと兵たちのもとに集まってくる。

「じゃあ、料理は適当に出しておくわね。あ、それとセン、兵長さんたちにコップを貸してあげられないかしら？」

もはや隠す気がないのか、ポンポンッとテセスは料理を準備し、僕もそれに釣られてクリスタルのコップを取り出して、足りない分はその場で作った。

ものの数分で酒盛りの準備が終わり、僕はその臭いに耐えられずに退室。

最後に見たのは、なみなみと注がれた火酒を兵長がグイと飲み干し、バタリと後ろに倒れる姿。

かなり強烈な臭いだったし、そんな一気に飲むものではないのだろうに……


外に出て日の光を浴びると、ちょうど朝一番の鐘の音が鳴った。

それに怯えた魔物が村から遠ざかる姿も見える。

鐘は無事だったようで安心した……

「いやー、久々にダンジョンに潜れるぜ」

「あんた、夜中にあれだけ戦ったのに、まだ魔物と戦うつもりなの？」

村の様子を見るためにブラブラと歩いていると、すれ違いざまに、そんなことを話している冒険者たちに出会った。

今日は依頼所に兵がいないから来ても問題ないと、仮眠をとっていたはずのアメルさんが、とね屋にいる冒険者に伝えたのだそうだ。

村の被害はそこそこ大きい。

ただ、怪我人はいても命を落とした者はいないようだ。

あちこち傷んでしまった建物や、荒らされた畑なんかが目に留まる。

その修繕や整地をする人、ダンジョンに向かう冒険者の動きで村中が騒がしくなってきた。

僕は来た道を引き返し、依頼所に入ってアメルさんに声をかける。

「ちょっと十階層で寝てくるよ……」

「ふふっ、昨晩はお疲れ様でした。センにはいっぱいアイテムを出してもらっちゃったし、後でちゃんとお礼をしないとね」

「うーん……別にいいよ……おやすみなさい……」

十階層に転移して、早速寝転ぶ。

キラキラと輝く天井も、生えている大木の下でなら気にならない。

まるで地上にいるかのような微風《そよかぜ》と、葉同士の擦《こす》れる音。

ものの数分で僕の意識は夢の中に落ちた。

『……センちょっとだけよろしいかしら？』

「ん……？」

僕を呼ぶ声がした。

この階層に来られる人は、今のところそう多くない。

だが、リリアやテセスの声ではなかったし、喋り方からしてミアでもなさそうである。

「……誰？　どうしたの？」

寝ぼけ眼を手で擦り体を起こすと、目の前に広がっていたのは先ほどまでいた十階層の光景ではなかった。

管《くだ》がいくつも垂れ下がり、その中を透明な液体が頭上の方へと吸い上げられているように見える。

そして部屋……いや、この空間の外側には黒い何かがビッシリと張り巡らされ、ツタで家を覆われているかのような圧迫感を覚えた。

「あれがニーズヘッグの邪《よこしま》な力です」

呆気にとられている僕に話しかけてくる、一つの声。

だが、周りを見回しても誰の姿もない。

これは夢なのかと思い、それを疑う理由は何もなかった。

「夢……といえば夢かもしれませんね。お久しぶりです、セン」

僕の心を読んだようにそう言った声は、どこか聞き覚えがあった。

声の聞こえた方向をよく見れば、一つの光が浮かんでいる。

「あの……もしかしてユーグ？」

「ふふっ、ようやく気づきましたか？　その通りです。今日は貴方の精神だけをダンジョンを通じて呼び出させていただいたのですよ」

ユーグ（光）が言うには、世界樹を覆うあのツタが、ユーグの力を押さえつけてしまっているらしい。

最近は魔物の討伐数が増え、加えて僕たちの知らないところでヤマダさんが力の還元を大量に行ったおかげで、ユーグも随分と楽にはなったそうだ。

「ですが、私自身にはニーズヘッグの力を押し返す力はありません。私は、皆様が討伐を成し遂げるその日まで、力を温存して耐え凌《しの》ごうと思います」

「その……ニーズヘッグっていうのは……？」

先ほどから聞き慣れない言葉を使い、説明を続けていたユーグ。

ユラユラと少し慌てた様子で、それが以前言っていた子竜の名前だと言った。

世界樹が朽ちるその日まで、世界の裏側で力を吸い取り寄生する暗黒竜。

ヤマダさんに希望を託し、ユーグが眠りについていた長い年月の間に、ひどく成長してしまったのだそうだ。

「ツタに見えますが、あれには実体はありません。あれらが全てニーズヘッグの力による魔法の効果だとでも思っていただければいいでしょう。それで……」

ユーグは、僕の精神をここへ呼んだ理由を話し始める。

一つ目は謝罪。

魔物の棲息エリア制限を、急遽解除せざるを得ない事態になったこと。

これは僕たちが魔物討伐をしたことが関係している。討伐のおかげで世界樹は少々活性化したのだが、ニーズヘッグも世界樹を押さえる力をより強めてしまった。そのために、魔物の棲息エリア制限を維持しきれなくなったのだという。

そして、なかなか話をできるタイミングがなく、それを僕たちに伝えられなかったこと。

「奇《く》しくも、解除翌日の明け方にこうして呼び出すことになってしまうとは……」

「いえ、村も無事でしたし。それよりも、ユーグこそ大丈夫なんですか？」

「私の方は先ほど言った通りですよ。以前のような力は出せませんが、耐え凌ぐことは可能です。今もヤマダから、わずかながら力をいただいております」

現状維持は力を使わないで済む。だが、言い方を変えれば、楽だけど解決にはならない。

相手の力が強大ゆえに、そんな手段しか取れない自分が歯痒《はがゆ》くて仕方ないのだとユーグは言っていた。

「それと、あなたのスキルについてですが……」

僕はあれから、いくつかのスキルを習得した。

【言語ＥＸ】と【キャストタイム０】というもの。

習得可能かどうかは、その人のスキルツリーに表示された際にわかるらしいのだが、僕には……

いや、きっとアステア以外には誰にもそんなものは見ることができない。

半日かけ、アステアに全てを書き連ねてもらって、その効果や習得条件を一つ一つ確認していくという地道な作業をした。

「なぜそのスキルを選んだのかは、あえて聞こうとは思いません。おそらく、貴方自身の魂が、それに惹《ひ》かれて習得したということでしょう」

ユーグは、僕が選んだスキルを知っている口ぶりだった。

【言語ＥＸ】を習得した理由は、最近気づいたことなのだが、魔族の書く文字がヤマダさん同様に魔文字であったということが関係している。

魔文字の組み合わせ次第ではとんでもない魔法を使うことも可能だと知っていたことも、大きな理由。

きっと、【言語ＥＸ】を習得すれば、魔文字が読めるに違いないと考えたのだ。

そしてそれは正解だった。

しかも魔文字を読むだけでなく、周囲に生える草や人物の名前なんかも見ようと思えば見えてしまう。

凄いスキルだと気づいた僕はすぐにリリアに教えたのだが、彼女は習得するのは無理みたいだった。

　であるならばコルンに……と思ったのだが、こちらも習得できないという。

「そのスキルは……そうですね、とある方にしか習得を許可していなかったものです」

　もう一つのスキルに関しても同様だと言うが、『とある方』が誰のことかは教えてくれない。

　キャストタイムは、スキルや魔法などに使う待機時間だと、習得時に説明された。

　僕は、武器の扱いではアッシュやコルンに及ばない。

　だったら、僕は僕なりの戦い方で役に立とうと思った。

　それに、なぜか他のほとんどのスキルは習得不可能だった、というのも【キャストタイム０】を選んだ理由の一つである。

「僕は、それ以外のスキルがほとんど選べなかったけれど？」

「それは、貴方が『アイテムマスター』という上級職に固定されてしまっているがゆえに起きたことです。他の者は『剣士《ファイター》』や『凶者《バーサーカー》』『僧侶《クレリック》』『無職《ノーン》』の職業で、それぞれに適したスキルしか習得できないようになっているのです」

　剣士《ファイター》ならば、剣技やステータス向上といったものをメインで習得できるらしい。

　大昔には、自分で職業を設定しながらスキルを付け替えたりもしていたそうだが、今のユーグの力ではそれも難しいそうだ。

「ですが、バランスは非常に良いと私は思います。貴方方でしたらきっと……いえ、過度な期待はむしろ失礼ですね。どうぞ、思うままに行動なさってください。セン……そう、貴方でしたら大丈夫でしょう……」

僕は——僕たちはきっと、ニーズヘッグを倒すべく力を貸し与えられたのだ。

御伽噺《おとぎばなし》の主人公と同じく、世界樹の花を求める一介の冒険者にすぎない。

これほどの力を貸し与えることのできるユーグが、手も足も出ない暗黒竜——存在が大きすぎて、どうすればいいのかわからないというのが本音である……

「あ、そうそう。新しいスキルもヤマダに与えたもの同様に私の力を結構使ってしまうので、その都度、何かもらうようにしますね。えーっと、アイテムだと用意するのが面倒でしょうし、そうですね……お金で構いません。一回につき小金貨一枚。お金はいい力の源になるのです。なるべくインベントリに入れておくように……よいですか？」

「え？　あ、うん……」

最後にとんでもないことを告げられて目が覚めると、視界には、ダンジョンのいつもの姿が広がっていた。

3話

村に魔物が現れたのは、ユーグの力で定められていた魔物の棲息エリアの仕切りが消えた一時的な混乱が原因らしい。

村の鐘を一時間ごとに鳴らして警戒を強化し、魔物を追い払うことで、ひとまず脅威は去ったと言えた。

アステアやテセスが、それぞれ近くの街や村を訪れてみたが、王都みたいに大きな壁で囲われた街や、イズミ村のような一日中魔除の篝火《かがりび》の灯るところでは、ほとんど被害はなかったそうだ。

あと、『妖精の鈴』という魔物と出会わなくなる効果のあるアイテムを配り歩いた人物がいると聞いたのだが、どう考えてもヤマダさん以外には思い当たる節《ふし》がない。

色々なことが起こって大変ではあったけれど、僕は今日、山道を切り開きながら素材集めを行っていた。

「あ、これも合成に使えるんだぁ……」

《うるわし草：合成素材》

魔族とのやり取りのために習得した【言語ＥＸ】スキルだったけれど、ありとあらゆるものを僕の知る言葉で教えてくれる、とんでもないスキルだった。

今は、それを使ってアイテムを採取し、スキルに慣れる努力をしている最中。

さすがのユーグも、【言語ＥＸ】の使用で金を徴収することはなかったので、懐《ふところ》が痛む心配はない。

（えぇぇ……今日も来てるよ、あの子）

（仕方ないわよ、私たち魔物だし）

まだスキルに慣れなくて、聞きたくもない言葉が聞こえてくることも多いのだが……

「ご……ごめんなさい！」

謝りながらも、僕は剣で二体のキングスパイダーをぶった斬る。

いやもう、それはそれは容赦なく。

絡新婦《じょろうぐも》のいる洞窟内に入ると、その声はさらに多くなる。

とはいえ、話し合いができる感じではないので、魔物の感情が言葉になって聞こえているだけのようだ。

とにかく、なるべく魔物の声は聞かないようにして歩いていた。

改めて洞窟内を見ると、ここは素材の宝庫だ。

《じめじめした苔《こけ》：合成素材》

《鉄鉱石：合成素材》

使えるかどうかはともかく、身近にこれだけ多くの素材が転がっている事実に驚き、拾い集めるのが楽しくなってしまっている。

ただし、残念なことも一つ。

【言語EX】で得られたのは、僕の読解力のみだった。魔族の書いた文字を僕は理解できるのだけど、逆に僕がいつも通り書いた文字は魔族には伝わらない。

これまでと変わらないので不便というわけではないが、考えてみれば、共通の言葉を話すのに、文字は異なるというのも不思議な話だ。

◆　◆　◆

魔物の襲撃から十日ほどが経った。

「戻ったよ、アメルさん。やっぱり山にいる魔物も、大分変わっちゃったみたい。もともと山の向こう側にいたコカトリスが出てきたものだから、ワイルドボアが村の近くまで来ちゃってる。キングスパイダーは洞窟周辺にしかいないし、山の中にいるのは他の魔物に食べられてるのかなぁ？」

「お帰りなさい、セン。お疲れ様でした。冒険者からの情報だと、レイラビットの棲む草むら周辺に、群れで居ついた魔物がいるらしいの。武器を持っていて、知恵もあるみたい。危なっかしいから誰かに様子を見てきてほしいのよね」

「わかった。お昼だけ食べたら、すぐに見に行くよ」

最近はこうして、村周辺の魔物の変化を確認して回っている。

ダンジョンに現れる魔物は変化していないので、安定した収入を得られると多くの冒険者が潜っているが、同じ素材ばかりが集まれば買取金額は下がっていく一方だ。

そうなると、珍しい素材狙いで、村の外へと向かう冒険者も少なくない。

おかげで以前に比べて教会は大忙し。建物や畑もまだ直っていないのに、怪我をして帰ってくる冒険者が後を絶たない。

ダンジョン調査の継続を名目に、数人の兵を滞在させて、村の修繕を手伝わせているのは国には内緒である。

『しかし、ある程度は報告させていただかねば、こちらとしても……』

そう口にした兵長にも立場があるわけで。村に戻ったアステアとともに、一度王都へと出向くことになり、数日前に村を出た。

転移すれば早いのだけど、道中の様子も見たいからと、馬で駆けていった。

国に報告する内容は主に、エメル村がどのような状況であるか。そして、ドワーフ族との友好的な関係を説明すると言っていたが……

とにかく今日は、テセス（のスキル）お手製の料理をインベントリから出して昼食をとり、早々にアメルさんに頼まれた草むらへと向かう。

テセスが用意してくれたのは、食べると一時間だけ体力が増す、不思議なサンドイッチである。

美味しい。美味しいのだけど……

「ぐぎゃっ！　ぐぎゃっ！（見ろよ、また人間がやってきたぜ）」

「ぎゃっ！（おいおい、懲《こ》りねぇ奴らだなぁ）」

ユーグに説明してもらった魔物の出現範囲の変化は『エリアの崩壊』と呼んでいるのだが、それが起こってから、この魔物とは何度か戦ったことがある。

全身が汚れたような緑色をしている、耳の長い猫背な人型の魔物。

手には木の棒を持っていて、開けっぱなしの口元からは、常にヨダレが垂れている。

その強烈な印象ゆえに、いちいち『世界樹辞典《ワールドディクショナリー》』を見なくとも、弱点や強さなんかは覚えてしまった。

『ゴブリン』だ。

彼（彼女?）らは、非常に狡猾《こうかつ》で、罠を仕掛け、巣を作り群れる。

弱者を痛ぶるのが好きだと『世界樹辞典《ワールドディクショナリー》』に書いてあった通り、殺されたレイラビットやウルフが奥に横たわっているのが見える。

そのレイラビットやウルフを目当てにやってきた魔物を捕まえ、餌とするのだそうだ。

つまるところ、放置すれば他の魔物がやってくる恐れがある。

「残念だったな、そうはさせないさ」

「ぐぎゃっ！（やる気みたいだぜ、オイッ！）」

「ぎゃぎゃっ？（オス？　メス？）」

ゴブリンたちが何かを喋っているが、僕はなるべく聞かないようにする。気にしなければただの濁声《だみごえ》でしかない。

あと、そんなことはないと思いたいが、奴らの言葉に絆《ほだ》されないとも限らない。

僕は剣を抜き、横一閃に二体のゴブリンを斬ってやった。

その刹那《せつな》、近くで悲鳴が聞こえたものだから、ゴブリンの番《つがい》でもいたのかと思った。

しかし、『キャー!!』という甲高《かんだか》い叫び声は、よくよく考えればゴブリンのものではない。

奴らは死際にいつも『グェ……』という不快な叫びを残して消えるのだから。

「誰かいるのっ？」

「ひっ!?　あ……たっ、助けてくださいっ！」

草むらの奥から女性の声が聞こえる。

少なくとも、魔物の言葉を変換したものではないようだ。

僕は声のする方へと急ぐ。

一つの草むらを抜けた先で、十五になったかどうかという少女が一人、腰を抜かして狼狽《うろた》えている。

その向こうには、棍棒《こんぼう》でなく立派な杖を構えたゴブリン。『ゴブリンシャーマン』と、数体のウルフのような魔物が、今にも少女に襲い掛かろうとしていた。

どちらも出会ったことのない魔物だ。

正面のゴブリンシャーマンはともかく、目玉が腐り落ちているウルフは生きているとも思えない。

もう一歩近づいたところで、【言語ＥＸ】の効果で奴らが『リビングウルフ』という魔物であることがわかった。

どんな攻撃手段を持っているのか、弱点は何の属性なのか？

そんなことを考える前に、僕は無心で魔物の群れに斬りかかっていた。

だが、事はそう上手くはいかなかった。

リビングウルフの、薄刃の剣では折れてしまいそうなくらい高い耐久力。

魔法を全て無効化しているのかと思うほどの障壁を張る、ゴブリンシャーマン。

魔法でリビングウルフを倒しても、ゴブリンシャーマンは新たな魔物を生み出す。

ゴブリンシャーマンを狙おうにも、手前のリビングウルフが邪魔をする。

それぞれが連携し合って、僕の攻撃を防ぐのだ。

これは、ボス戦ではないのか？

後ろには守らなくてはいけない少女が一人いて、僕は必死に考える。

そして取った手段は――

「ハァッ、ハァッ……だ、大丈夫だった？」

僕は咄嗟に転移することを思いついた。

別に無理して倒す必要はない。

エリア崩壊の影響で、転移不可なボス戦のエリアに変わったのかとも考えたが、試してみた甲斐《かい》があった。

「あ……ありがとう……でもなんなの？　この村の周辺には弱い魔物しかいないって聞いていたのに……」

「最近はいろんな魔物が出るようになったみたいで、危険だからあまり村の外へは行かないほうが……そういえば君、なんで一人であんなところへ？」

草むらへ行く理由と言えば、薬草採取だ。

ただ、村の冒険者なら誰もが知っているように、今は危険な場所。

正確には、村の外全てが危険エリアなのだから、よほど腕に自信のある冒険者以外は外へは行かないはずなのだが。

「一人……じゃないわよ。私の護衛に三人の腕利きがいたけど、アッサリやられちゃったの……」

苦虫を噛み潰したような表情を見せる少女。

「大丈夫……じゃなかったみたいだね……」

あまりに衝撃的な事実に唖然《あぜん》とした。

少女は嫌なことを思い出して、僕から目を背けている。

しかしリバイヴポーションは、この間使ってしまった。

それに今戻ったところで、あの魔物たちを倒せるかどうかもわからない。

僕は心の中で謝った。三人を助けられない無力さを感じながら。

「でも、どうして村の外に？」

護衛付きとはいえ、若い女性がいるような場所ではないと思う。

「そ、それはほらっ、ちょっと視察っていうか、えーっと……見てみたかっただけよ！　悪い？」

「いや、別に……」

悪いとは答えられない。護衛だって仕事だから、仕方なくついて行ったのだろう。

視察ということは、どこかのお偉いさんなのか？

「それよりあんた、さっきの動きなんなのよ？　本当に人間なの？」

「動き？　……あっ」

僕は一般的な冒険者よりも高レベルで、動きも速い。

それに加えて、新たに習得したもう一つのスキルを使って、ノータイムでの魔法行使ときたら、人外と疑われても当然かもしれない。

必死にスキルのせいだと説明はしたが、訝《いぶか》しげな目で見られるばかりだ。

「ま、いいわ。助けてくれた人を疑うなんてよくないわよね」

「そうだよ……せっかく小金貨五枚も失ってスキルを使ったのに……」

「あら、あなたのスキルって有料なの？　それは申し訳ないことをしたわ」

僕だってお金を使うスキルなんてつい最近まで聞いたこともなかったが、そこは意外にもアッサリと信じてくれた。

少女はパルマと名乗り、簡単にお礼を述べて去る。

護衛がいなくなったために、この村で新たに人を傭《やと》ってから帰るのだという。

僕はというと、インベントリの中の寂しくなった小金貨の量を見て、ため息を一つ、ついた。

◆
◆
◆

王都にある城内軍事会議室には、緊迫した空気が流れていた。

「つまり、まだ迷宮ができた原因はわかっておらんと言うのだな？」

軍隊長カンブリスが、二回りほども年下の兵——グスタフに向かって尋ねている。

「はっ。全ての迷宮は、ほぼ同時期にできたものと思われますので、意図的に何者かが仕組んだものには違いないでしょうが」

「ならば、不審な人物の出入りなどがなかったのか調べてみればいい」

「それが、変わった者と申しましても、商人以外の出入りはいつも通りでして。唯一街に入ったエメル村の二名も、それから外出したという記録は残されておりません」

「そいつらは一体何用で王都に赴いたのだ？」

「はっ。詳細は存じませんが、副ギルド長のバリエと何やら取引を行ったとの情報が入っております。その者たちを捜してみたのですが、おそらく北区のスラム街にいるのではないかと……」

「ちっ……あそこは無法地帯だからな……」

知らぬ間に迷宮が多数出現し、それを調査するようにと申し付けた勇者も行方《ゆくえ》知れず。

冒険者どもの話では、街の外にはずいぶんと強力な魔物が出るそうだ。

きっと、すでに息絶えているのだろう。

「とにかく、だ。まずは勇者の死亡を城内に伝え、次期勇者の適性のありそうな者を探すのだ。貴族はいかんぞ。知性と人望は兼ね備えつつも、欲に飢えた親を持つ者だ」

「承知しております」

かつて倒された魔王の魔石——それが手に入れば、世界は思うままになるという。

先だって勇者に選ばれた少年は、どう見ても凡人だ。

『レベルが上がる』というよくわからぬ魔物との戦闘や、金の採れる迷宮探索は彼の成果ともいえるが、その程度の実力で魔王の魔石を手に入れることはできないだろう。

残念だが、他の迷宮調査を名目に死んでもらおう——カンブリスは、そう考えた。

勇者が存在していては、次の勇者にいいスキルは与えられない。

「勇者のことはもういいじゃない。どうせ来年の春になるまで儀式は行えないんでしょ？」

白いローブに身を包んだ淑女《しゅくじょ》が、横から口をはさむ。

「確かにそうではあるが」

「それに、探索が難しいっていう迷宮も、変な男が消していると聞いたわよ？」

その件に関しては謎が多い。

国の精鋭部隊をもってしても、すぐに撤退を余儀なくされるほどの迷宮。

それを消して回っている男の噂が流れていた。

さらに謎なのは、ここ数日で部隊員の身体能力が上がり、迷宮を消滅させるペースも速くなったということだ。

当の本人たちが『強くなった』と言うのだから、本当のことなのだろう。

迷宮は、この世界ではない別の異空間であると推察される。

でなければ、地下に広がる巨大な横穴が突如現れ、他に影響を及ぼしていないことの説明がつかない。

近くには水脈もある。城の地下には天啓の間もある。

迷宮を目指して地下通路を掘ってみたが、未だに到達していなかった。

「迷宮を消して回っている男に全てを任せたらどうかしら？」

「やかましいわ！　街の地下に魔物の巣窟《そうくつ》があると知って、大人しく傍観などしてられん！」

「あらあら、せっかくの渋いお顔が台無しですわよ」

そう言った白いローブの女を、カンブリスは睨みつけた。

(魔道研究の牝犬《めすいぬ》めが、人をおちょくることがよほど好きと見える)

もし迷宮が異空間だとすれば、魔物自身で掘ったものだとは考えにくい。

消滅の件も含めて、一番疑わしいのは魔道研究所の人間——つまり、目の前にいる女だった。

「して、その人物はどういった者なのだ?」

とにかく、迷宮を消滅させる鍵は、謎の男にあるだろう。

よほどの強者だというならば、軍に取り込まない手はない。

「歳は二十、それ以下という話もあります。格好はおかしなものだと聞いていますが、魔族の特徴とは一切合致しない点から、人間であることは間違いないかと」

「それほどにまで若いのか?」

「はっ。ですので、首謀者の仲間ではないかとも噂されております。武器も持たずに生きて迷宮を出るなど……」

兵の言葉に耳を疑う。

「なんと言った? 武器を持っておらんと?」

「はい。剣や槍のような類《たぐい》ではなく、別の武器を所持している可能性もありますが」

魔法で戦うにしても、媒体を使う必要はあるので、杖を持つのが普通だ。

実は魔族なのではないか。あるいは、やはり武器なしでも容易く魔物を屠《ほふ》るほどの力を持つのか。

そこまで考えて、カンブリスはあることに気づく。

「いや、可能性でいうならば、もう一つある。空間収納《インベントリ》というスキルは知らぬか？」

実際にはスキルではなく、勇者にのみ与えられる特殊能力と言ったほうが正確なのかもしれない。

カンブリスは、そんな力のことを耳にしたことがあった。

「どのようなスキルなのか、想像もつきませんわ？」

「イン……いえ、わかりませぬ」

「空間収納《インベントリ》は勇者の持つ力で、万物を異空間に消してしまうことができるスキルだと聞いた。しかも、一度消したものを自由に出現させることも可能だとか」

「なんと!?　ならば、あの者が別の勇者だと？　いやしかし、そうであるならば武器を持たぬことにも頷ける……」

勇者とは、ただ一人存在するというわけではない。

この世界にある四つの大陸それぞれに安置されている水晶から力を授かった者を、そう呼んでいるのだ。

その水晶は、地方の街や村にある紛《まが》いものの水晶とは異なり、大いなる力をもたらしてくれるという。

「事はそれほど単純ではないやもしれんぞ。迷宮の出現がその勇者の仕業なのだとすれば、もしやこの国へ攻め入ろうとしているのではないか？　早急にその者を見つけ出し、ひっ捕らえよ！」

「はっ。必ずや、このグスタフの名にかけてっ！」

「じゃあ、私のほうでも行方を調べてみようかしら。あれは体力を使うのよね、巷《ちまた》で話題のポーション……いくつか経費で落とさせてもらうわよ」

「ふんっ……勝手にしろ」

「くすくす……」

白いローブの女が立ち去る姿を、忌々《いまいま》しく思いながら睨みつける。

（それにしても他の勇者、か。魔物の増加という噂も絶えぬし、おそらくその者が裏で何かをしておるのではないか？）

グスタフの報告を受けてカンブリスは自分の目で確かめようと外に出てみたが、増加どころか魔物など一匹も姿を見せなかった。

（情報操作か？　幻惑魔法か何かか？　一体何の目的で？　くそっ！　わからぬことだらけではないか！）

目の前に置かれた、城に届けられたという謎の鈴を見ながら、男は苦悶《くもん》に満ちた表情を浮かべていた。

◆　◆　◆

「おいおい……最近ちょっとしつこいんじゃないか?」

俺——ヤマダは一人の兵から逃げていた。

転移してもいいのだが、さすがに目立つのでやめておく。

なるべく普通の、ごく一般的な冒険者を装いつつ、ダンジョンを消して回っているだけだというのに、なぜこんな目に遭うのか。

「待てっ！　逃さんぞ貴様っ！」

捕まりでもしたら、抵抗した拍子についウッカリ殺してしまうかもしれない。

そうなったらリバイヴポーションで生き返らせればいいのだが、さすがにもったいないじゃないか。

仕方ない、やっぱり逃げよう。

そういえば、魔物から逃げるアイテムでケムリ玉ってのがあったが、人間相手でも使えるのだろうか?

最後にお世話になったのは……何十年前だ?

「まぁ、追いかけられてるんだからエンカウントだよなっ、と！」

インベントリからケムリ玉を一つ取り出して投げつける。

湿気《しけ》って使えなかったら笑うしかないが、さすがにそんなことはなさそうだ。

インベントリでは、食べ物でさえ、腐敗せずにいつまでも保管できるくらいだしな。

「なっ、何をした貴様っ！」

何をって、ただのケムリ玉だよ。

俺よりも、お前たちのほうが馴染みがあるアイテムだよ。

それに、煙に巻いて逃げようとしてるのに、声なんか出すわけがないだろうが。


追ってきた兵を無事に撒《ま》き、次のダンジョン前に到着。

やはり見張りの兵を一人だけ置いている。

「自分で蒔《ま》いた種とはいえ……さすがに面倒くさいな。部下のデュランにでも任せて……いや、やはりドラゴニュートでは目立ちすぎるか」

他の方法でダンジョンを消すとなると、別の場所に二百五十六個のダンジョンを作成するしかないか。

それだったら古いダンジョンから順番に種に戻るはずなのだが……

「ないな。誰かに種を拾われるのも問題ありだ。しゃーない、またケムリ玉だな」

眠らせるという手も考えたが、おそらく兵が魔物に喰われておしまいだろう。

そんなわけで、俺はその後も兵に追いかけられながら、自分で作り出したダンジョンの始末をして回っていた。

4話

翌日、アッシュとコルンも連れて、パルマたちがいた場所へやってきた。

三人の護衛を助けることはできなかったが、せめて遺体だけでも見つかればと思ったのだ。

それに、ゴブリンシャーマンを放置すれば、さらに被害者が増える恐れがある。

テセスやリリアには、凄惨な現場を見せたくなかったので、男三人で向かうことにした。

「セン、俺たちがリビングウルフの相手をする。その間に、奥のゴブリンシャーマンを斬ってくれ！　行くぞコルン！」

「わかったよ！　でも、本当にヤバかったら僕の懐事情なんて気にしなくていいからね」

本当は僕が魔法でリビングウルフを倒している間に、アッシュたちでゴブリンシャーマンを倒すほうが確実だと思う。

でも問題は、僕が新しいスキルを使いながら魔法を使うと、小金貨を消費するということ。

ノータイムで魔法を数回使えば、魔銀《ミスリル》の剣が買えてしまうほどの金額になる。

もちろん状況によっては魔法やお金を惜しむつもりはないけれど、節約できるならそれに越したことはない。

「ぎゃぎゃっ！（行けっ、我が僕《しもべ》たちよ！）」

アッシュが三体のリビングウルフを相手取り、コルンは少し離れたところからアッシュのフォローに入る。

魔物が飛びかかるところを、コルンの放つ矢で撃ち落とすという戦法だ。

それで倒せるわけではなかったが、リビングウルフを二人が引きつけてくれているので、僕はゴブリンシャーマンのもとへ一直線に駆けていくことができる。

「やぁっ！」

掛け声とともに薄刃の剣を振り上げると、ゴブリンシャーマンは身を翻《ひるがえ》し逃げようとする。

だが、僕だってスピードだけならアッシュたちにも負けていない。

足に力を入れ、ゴブリンシャーマンとの距離をわずかに縮めると、そのまま剣を一気に振り下ろした。

「ぎゃっ！（ぎゃっ）」

叫び声まで翻訳されたのか、声がダブって聞こえたような気がしたが、まぁそれはともかくとして。

ゴブリンシャーマンは、右肩から袈裟斬りに真っ二つにされて地面に崩れ落ちた。

「グゥルルルル……（イタイ……コロセ……）」

不穏なことを呻《うめ》いているリビングウルフを、落ち着いて僕が魔法で処理をする。

間違っても新スキルが発動しないように、慎重に氷魔法を使った。

無意識で魔法を使うと、まず間違いなくノータイムで発動できてしまう。なんと難儀なスキルだろうか……

ようやく魔物を倒し終え、周囲をくまなく捜索してみたが、冒険者らしい姿は見当たらない。

その代わりと言ってはなんだが、ゴブリンが作ったであろう石塚が見つかり、近くにはひしゃげた鉄の防具の一部……のようなものが落ちていたので、そこで捜索を打ち切ることにした。

「ダメだな。おそらくもう遺体は見つからないだろう」

アッシュが鉄製の何かを拾い上げ、袋に入れてから手を合わせた。

昔から冒険者が帰ってこない時は、こうやって冥福を祈っているのだそうだ。

僕とコルンも、アッシュに倣って同じ動作を行う。

「実際にやるのは初めて……かな。僕たちがまだ子供だった時は、みんな何をしているんだろうと思っていたけどさ」

「そうだな。アッシュさんに聞いたことはあったが、俺も実際にやるのは初めてだ」

強くなったとはいえ、村の冒険者は当然魔物にやられてしまうことがある。

僕たちも、これからさらに手強い魔物と戦うにあたって、気を引き締めなくてはならないと考えさせられる出来事だった。

「戻ったよー」

「あら、早かったじゃない」

ギルドの一室で、テセスとリリアが服飾の作業を見学しながら待っていた。

効果の高すぎるアイテムや装備品は、売りに出すのが難しい。

そこで、ドワーフと一緒に様々な装飾品を作って売り出そうというわけだ。これはリリアのアイデアである。

『集魔の香』を使い、ダンジョンで集中してレベル上げをしたことで、みんなすでに僕と同じレベルにまで上がっている。

せっかく僕の魔法が強化されてダンジョン探索も楽になるはずなのに、金欠で使えないのはもったいないということで、なんとかお金になりそうなものを思案中なのだ。

「こんなのは売れないかな？」

そう言ってリリアは、魔物素材で作り出したブローチを見せてくる。

テセスの身につけているものを参考に、ドワーフたちのアドバイスを取り入れながら製作したようだ。

近づくだけでわかるのだが、火属性の耐性が上がる効果がある。

見た目と使った素材から価格は小銀貨一枚程度にして、行商人にまとめて買い取ってもらう算段をしているそうだ。

「いいんじゃないかな？　これって十八階層にいた魔物の素材？」

「そうよ。レベル上げのついでに集めていたら、軽く千個は超えちゃったし。このアクセサリーばかりじゃ飽きられちゃうだろうから、また別の階層でも狩りをしたいわ。その時はまた、アレをよろしくね」

アレというのは、僕の作った『集魔の香』のことだ。グレイトウルフの肉で作ると、通常のものよりも効果が高い。

それを使用して、一気に素材集めとレベル上げを行おうというわけだ。

今回は新しい素材も手に入っているし、リビングウルフの骨から、特性『蘇る』を追加して合成してみようと思う。

何度も倒せて、何度も素材を拾えるなんて効果が出たら幸運。

リリアはその他に、防御力のやたらと上がる革靴、徐々にＨＰが回復するリボンなんかを拵《こしら》えていた。

どれも大体小銀貨一枚から五枚程度で売りたいと思っているそうだ。

とはいっても、行商人がいつ村に来るのかはわからない。

とりあえずは依頼所に納品し、ダンジョンに潜る冒険者向けに販売を試みた。

「売れるといいね」

素直な気持ちで、僕はリリアに言う。

「攻撃力とか防御力のことには触れていないし、難しいかもしれないわ」

あくまでも装飾品であり、装備品ではない。だから値段も安いし、売れない可能性は高かった。


だが、その数日後……

「いやぁ、やっぱり全員で行くと早いな」

コルンが二十八階層のボスにとどめを刺し、ドロップアイテムを笑顔で拾う。

「僕も、ダンジョンの中なら遠慮なく銃を使えるし、ちょっと楽しくなってきたかも」

「その武器、強いのはわかるけど絶対に仲間に当てないでよね」

リリアは、僕の持つ銃を見て心配そうに言った。

今僕が使っているのは、【精霊鍛冶】スキルを持つお爺さんの作品。

弾を込めずとも発射でき、弾道補正が自動的に行われるという代物《しろもの》だ。

「大丈夫だよ。それに強いったって、攻撃力自体はコルンの弓のほうが断然上だよ？」

そう、あれからお爺さんが弓の製作にも取り掛かり、こちらのほうが銃の二倍ほどの攻撃力を持っている。

ただ、五連射できるのは銃の強みだ。

リリア用にも作ってもらおうかと聞いてみたのだけど、物騒なものは持ちたくないと言う。

そのわりには、『マスター召喚』のスキルで上の階層にいたアイアンゴーレムという魔物を召喚したりしていた。

あの硬そうな巨体――ガンちゃんと名付けられたアイアンゴーレムは、絶対に攻撃力も防御力もとんでもないに違いない。

さらに特性に『鉄壁』とか『物理反射（確率）』なんてものを付け加えていると言うのだから、タチが悪い。

『ガンちゃんは私のボディーガードよ』なんて言われたけど、ダンジョン内では僕たちを置き去りにして魔物をなぎ倒しながら一人……いや一体が突き進む光景を何度も見た。

そんなこんなで、時には倒しやすい魔物が出る階層でのレベル上げを挟みながら、一日に二階層のペースで攻略を進めていっている。

二十階層、三十階層には、十階層同様に魔物のいない空間があり、僕たちは拠点をそこへ移すようになっていた。

この日もダンジョン内に設置されている転移石から依頼所へと戻ると、さっそくアメルさんが僕たちに声をかけてくる。

「お帰りなさい、皆さん。そうそう、この間納品してくれたアクセサリー、とても好評だったの。また色々なものを作ってもらえないかしら？」

「本当？　嬉しいわ、またすぐに作ってくるわね」

リリアは好評と聞いて喜んでいる。

行商人はまだ来ていないのだが、やけに装飾品が売れているのだそうだ。

理由を聞いてみれば、儲けた冒険者が、奥さんや意中の人に贈るために購入しているらしい。

中には、ステータスの上昇に感づいて、大量に買い占めようとする者もいたとか。

でも、お一人様二個というアメルさんの設けた条件のおかげで、今のところ問題ないようだ。

僕としては個数制限なんてないほうがありがたいのだけど、アメルさんが『買えないって言われたほうが欲しくなるじゃない？　貰った側も、貴重なもののほうが嬉しいものよ』なんて言うので、仕方なく受け入れた。

翌日、いつにも増して笑顔のリリア。
テセスも装飾品作りを手伝っていたようで、若干眠たそうにしている。
作る時はもちろん【合成】スキルを使うのだけど、リリアはテセスの感性も頼りにしたみたいだ。
完成品を見せてもらうと、さらに新しく入手した魔物素材が使われており、どれもかなりのステータス上昇効果を持っていた。
《プラチナリング：防御力＋55》
《魔帝のチョーカー：状態異常抵抗力＋30％》
《闇のストール：攻撃力＋１２０、防御力半減》
「これ……大丈夫？」

「え？　もしかして変な効果でもついてた？」

リリアは何のことかわかっていないようで、自分で作ったアイテムをしげしげと見つめていた。

僕たちの装備品ですら、これほど強いものはない。

数値感覚が麻痺《まひ》しているのか、それともリリアには見えていないのか？

「大丈夫よ。強くなった気がする冒険者なんて山ほどいるんだから、今さらちょこっとステータスが上がったって気づかないわよ」

リリアがそう言う気持ちもわからなくはない。

実は、僕たちのレベルはもう70を超えた。

僕やリリアにはステータスの数値は見えていないのだけど、村に戻ったアステアが『攻撃力は５２０、防御力は４７５です』なんて言っていたから、１００くらいの差は大したことがないと思えてしまうのかもしれない。

確か少し前は、50の差でも大騒ぎしていたはずなのに……

5話

アステアが村に帰ってきたその日、王都で十分に説明してきたので心配はいらないと聞いた。

その説明を受けて、エメル大迷宮の監視役として、腕に覚えのある兵が二人、移り住むことにもなったとか。

それから数日、アステアも僕たちと一緒にダンジョンに潜り続け、ついに三十九階層まで到達。さらに進み、この一階層で丸二日かかっていた。

通路に湧いて出た魔物は、イビルツリーという黒い木のような魔物で、枝葉を振り回しながら襲ってくる。

「毒霧を吐いてきたら、僕が風魔法で吹き飛ばすよ！」

「霧を吸っちゃったら、私の治癒魔法を使うからすぐに言ってね、アステアっ」

「ありがとうセン、テセス！　うぉぉ！」

あまり活躍する場面がないためか、最近アステアが元気なさそうだったので、一芝居打って探索中。

リリアとピヨちゃん、クロに新しい仲間のゴーレムのガンちゃんは、リリアの体調不良を理由に村でお休み中だ。

「イビルアップルが出てくる前に倒しちまえ！」

「わかってます！　くらえっ、パワースラッシュ！」

コルンもアステアの応援をする。

それにはちょっと理由があって、コルンがあまりイビルアップルとは戦いたくないからだった。

「浅いっ？　しまった！」

アステアの必殺技は、上手く当たれば一撃で仕留められるのだけど、まだまだ当人の実力が伴っていないようで、時々技に振り回されて失敗することがある。

力が制御しきれないと本人は言っていたが、僕にはよくわからないので適当な相槌を打っていた。

倒しきれなかったイビルツリーが、ゆらゆらと動き、生茂《おいしげ》る葉の中から一体の魔物が出てくる。

これがコルンの苦手なイビルアップル。

素早い動きで僕たちを翻弄し、火魔法を放ち攻撃をしてくる。

黒い見た目だし、焼きリンゴというテセスのつけた名前のほうがシックリくる。

リリアなら、お構いなしに大量の魔法をぶっ放して倒すのかもしれないが、今の僕はそれも難しい。

実は、リリアが不在なのはこの魔物のためでもあった。

「コルン、そっちに行ったよ！」

「おーけー、次こそっ！」

ピヨちゃんの力や、クロの素早さがあれば、この階層の攻略は非常に楽だと思う。

だけど、彼らに頼っていたために、僕たちの素の実力は全くついていないのだと気づいた。

昔のように剣の素振りをすれば、力や体力が上がる。

魔法のイメージトレーニングを続ければ、魔力だけでなく魔法攻撃力や抵抗力が上がる。

以前は明確には把握できていなかったけれど、今はそれが全て数値化されてしまっているのだ。

レベルが上がるにつれて個人差が出て、テセスに至っては回復役に回っているせいで、力や体力のステータスが僕たちよりずっと低かった。

戦闘経験や技術を磨かないと、この先厳しい戦いを強いられると思ったのだ。

「くそっ！　また当たらねぇ！」

「コルン、アイツが魔法を使う瞬間がチャンスだよ！　一瞬だけ動きが止まるからさ、そこを狙って！」

奥ではアステアがイビルツリーにとどめを刺して、こちらを振り返っている。

小盾を構え、イビルアップルからの攻撃に備えているのだ。

弓の命中率は、他の武器に比べて高いと思う。

コルンの弓は軌道補正してくれる不思議な力があり、あのグレイトウルフにすら、簡単にダメージを与えた。

それが、この魔物には全くと言っていいほど当たらない。

当然僕の魔法も、範囲を絞った状態では命中しなかった。最初は、リリアが通路全体に広がる火魔法で倒していたくらいだ。

ただ、残念なことにイビルツリーには魔法が効かず、コルンが弓で仕留めていたのだけど。

『今後もあんな魔物が出るんじゃや、危ないかもしれないわね』

コッソリと、僕とテセスだけにリリアが言った言葉を思い出す。

一撃で仕留められない、攻撃が無効化される、素早くてそもそも攻撃が当たらない、などなど。

ボス戦ならば、僕たちがその場で解決策を見つけない限り、泥沼化した長期戦か、悲惨な結末が待っている。

「コルン、今だよっ！」

「ま、待ってくれっ！　すぐには次の矢が打てねぇ」

タイミングを逃すこともあれば、上手くいったと思っても当たらないこともあった。

イビルアップルが、あちこちを行ったり来たりする。

コルンはそのたびに向きを変えているので、狙いを定める時間が足りないのかもしれない。

魔法を使う瞬間がチャンスと言っても、それは一秒にも満たない時間だ。

コルンの矢が放たれる前に、イビルアップルはアステア目掛けて突進してくる。

どうやら、イビルアップルは魔力がなくなると突進攻撃に切り替えるらしく、つまりはコルンの訓練失敗といったところだ。

「させませんっ！」

アステアは、左手に構えた盾を前に掲げ、イビルアップルの体当たりを防ぐ。

カツンという音とともに、イビルアップルは宙に弾かれ、そこにコルンの放った矢が命中した。

サクッ。

「あ、あれ？　魔物はどこに飛んでいったのですか？」

キョロキョロと辺りを見回すアステア。

見つかるはずもない。

矢の突き刺さったイビルアップルは、アステアのかぶる金属製のカブトに突き刺さり、アステアの頭上で、頭の回転に合わせてクルクルと動いているのだから。

「もぅ、わかっていたのなら教えてくださいよ！」

戦闘が終わり、怒っているアステア。

あまりに滑稽《こっけい》なその姿に、僕たちは、ここが魔物の出るダンジョン内だということを忘れて、イビルアップルと矢が消えるまで、腹を抱えて笑っていたのだった。

「やっぱり装備品の強化が必要だよね」

「私もそう思うわ。私たちの実力を上げる必要はあるけど、今のままでは何年かかることか……」

僕の言葉にテセスが同意する。

アステアとコルンには、そのまま三十九階層での特訓を続けてもらい、僕とテセスは他の手段を考えているところだ。

まぁ、魔物を倒しにくいだけで、僕たちがダメージを受けることはあまりない。

毒を喰らったとしても、あの苦い薬を飲み、ポーションで体力を回復すればいいし。

そういえば、味の改良を試みようとしていたのだけれど、僕はすっかり忘れていた。

コルンが苦い薬を飲んだ際に、文句を垂れていたのを見て思い出した。

「とりあえず、テセスにはドロップ品の鑑定をお願いするよ。僕の方にも未鑑定のアイテムが結構たくさんあるし、何か使えるものがあるかもしれないから」

「わかったわ。ダンジョンで拾った素材で使いたいものがあったら言ってね。『プラチナのカケラ』は……今は十二個あるわよ」

三十階層を超えてから、魔物はかなり強くなっていった。

僕たちのレベルが上がるスピードが日に日に速くなっていったので、上の階層に比べても大量の経験値が得られるようになったのだろう。

とりあえず必要な装備品としては、命中のステータスが上昇するもの。

『世界樹辞典《ワールドディクショナリー》』を開き、装備品一覧から、該当するものを確認していく。

《アイアンガントレット》

《魔銀《ミスリル》ガントレット》

《魔獣の籠手》……

どれも腕用の装備品だが、すでにつけているもののほうが効果が高かった。

一応、その先に掲載されているプラチナガントレットならば性能は上だが、必要なプラチナのカケラが多くてすぐには作れない。

ダンジョン内でプラチナのカケラを落とす魔物を大量に狩ってから試すべきだろう。

だとすると、『アクセサリー』の類がいいだろうか？

《イエローモノクル》

《レーザースコープ》……

聞いたことのない素材が多かったが、唯一作れるものが見つかった。

《インテリメガネ：魔法攻撃力＋120、命中＋80》

絡新婦《じょろうぐも》から採れる大きな水晶体『大蜘蛛の水晶体』が二つ。これはすぐに用意できる。

『プラチナのカケラ』を三つも、人数分は足りるだろう。

あとは『魔石』を一つ、なのだが……

「ねぇテセス、素材に魔石ってあるんだけど、どんな魔石でもいいのかなぁ？」

「え？　さぁ……わからないわよ、そんなこと」

そうだよなぁ。テセスが知ってるなら、【合成】スキルを持つ僕が知っていて当然だ。

ちなみに、鑑定スキルを使用しているテセスは、たくさんの立方体のキューブと格闘中である。

『？？？の剣』と表示されるアイテムは、装備するまでは黒い立方体の形状をしている。

鑑定前でも装備はできるが、剣の形状を成すだけで、色は黒色。

それらのアイテムを、正しい姿に戻していく作業中なのだ。

「とりあえず……なんでもいいかぁ……」

ただ、強力な装備品を作ろうというのだから、適当に選ぶつもりはない。

僕はかなり前に入手した、『診』の中級魔石を手に取って、それらにスキルを使用した。

「特性はどれにしようかなぁ……命中が上がりそうなのは、『透き通る』とかかな？　あと『断片』と……『？』ってなんだろう？」

そんなことを考えながらでき上がったのが、メガネの形の『？』というアイテム。

一瞬どういうことかと思ったが、魔石を使っているのでインベントリには入らないし、名前は大まかな分類しか表示されない。

《？：魔法攻撃力＋40、命中＋３４０、情報が読み取れる》

魔法攻撃力は通常のインテリメガネより下がったけど、目当ての命中は上がっていた。

それに、特性のおかげなのかわからないが、役に立ちそうな能力付きである。

これは成功に違いないだろう。

試しに装着してみると、特に変わった様子は感じられない。

いつも通り、僕のスキルで素材の情報なんかが見えているだけで、追加情報がわかることはなかった。

テセスは、ドロップアイテムの中から『大イタチ』というぬいぐるみのアイテムを見つけ出した。

こちらは使用方法がさっぱりわからないが、なぜだか攻撃力なんかがある。

《大イタチ：攻撃力＋１８０、攻撃必中》

「必中って、絶対に当たるってことでしょ？　きっとこれを装備したら、あのイビルアップルにも攻撃が簡単に当たるようになるのよ」

そう言って、自信満々にぬいぐるみを抱えるテセス。


翌朝、僕の作ったアイテムとともに、それらをリリアに装備してもらった。

魔法攻撃力も上がるし、メガネも意外と似合っている。

そしてぬいぐるみ……

「いやぁ、ないわー」

ププッと笑いながら、コルンがリリアの姿を見て言う。

どう見ても戦う格好ではないからだが、決してふざけてはいない。

リリアの小柄さも相まって、子供の遠足のような気分にもなってしまったが、コルンの笑いに気を悪くしたリリアの魔法は凄まじいものだった。

「ウォーターランス！」

ヒュンッ！

小さめの水の槍は、いつも以上の勢いでイビルアップルを貫いた。

次々とイビルツリーから出てくる魔物は、もはや的でしかない。

だが、それでも時々は外してしまう。

「必中じゃなかったかしら？」

「うーん……必中『くらい』命中が上がるよ……ってことなのかな？」

テセスが不思議そうに言ったので、僕なりの考えを答えてみた。

最後に、魔物を出し尽くしたイビルツリーが残り、リリアは振り向いて言う。

「テセス、悪いんだけど魔法を撃ちにくいから、このぬいぐるみは返すわね」

リリアがポイっとぬいぐるみを投げると、テセスはそれを受け取ろうとして手を前に出す。

だが……

「キッ！」

ぬいぐるみが突然身を翻し、小さく鳴いて走り出した。

そしてそのままイビルツリーのもとへと向かうと、頭から突進していった。

『ギャギャッ（くそぉ、大ダメージだ）』

痛がる魔物の声が聞こえる。

ぬいぐるみだと思っていた何かは、そのままクルクルと回転しながらリリアの胸に飛び込んだ。

ビックリして、再び手から投げ出すリリア。

すると、また大イタチのぬいぐるみはイビルツリーに突進し、リリアのもとに戻る。

三度目は、リリアも意図的にぬいぐるみを宙に投げ、イビルツリーに攻撃を仕掛けた。

ぬいぐるみの突進を喰らったイビルツリーは、ドロップアイテムを残して消えてしまう。

「何よ？　魔物が消えちゃうと、ただのぬいぐるみに戻るわけ？」

自分で歩かせようとリリアがぬいぐるみを手放すのだが、全くピクリとも動かない。

だが、その後に戦った素早いイビルアップルに対しても、確実にぬいぐるみの突進は当たり、これが『攻撃必中』という意味なのだと、テセスは感心していた。

6話

軍隊長カンブリスはグスタフからの報告を受けると、至急王のもとへ参じ、事の経緯を説明した。

「ベノムバイパーの特殊解毒薬を相当数準備しているとのことです。また、店には品質の良い武具が揃っております。噂では、時折訪れるデッセルという行商人が、似たようなものを保有しているとの話もあるようです」

他国か、それとも魔族が干渉してきたのだろうか？

この国の王都へ攻め入る中継地点としてエメル村を選び、そこで物資を製造。冒険者相手に販売し、資金源としているのではないか――そんな予想が浮かんだ。

東の森には至るところにベノムバイパーが潜んでいるため、カンブリスを除いて中に入ろうとする者はいなかった。

そんな森の中を通り、夜更《よふ》けに王都へ襲撃をかけようと考えているに違いない。

それが考えうる中で最も可能性が高く、国にとっては都合の悪いものである。

「そういえばカンブリスよ、そなたは幾度となく森に入っていたのだったな？」

「はっ。あの凶悪な大蛇を倒すことこそが我が宿命。一匹残らず駆逐するまでは、出入りをやめるつもりはございません」

王はカンブリスの力量を認めている。

若い頃に蛇の毒で妻と子を失い、それ以来、東の森に棲《す》む魔物を目の敵《かたき》にしている男。

いつの間にか、カンブリスの右に出る者はいないほどになっていた。

「わかった。森の警備に関してはカンブリスに一任しよう。迷宮が消えて兵たちも落ちついたところであろう。そちらの報告は後回しでよい」

王がそう伝えると、カンブリスはその場を後にした。

そもそも迷宮については、これ以上報告のしようもないのだ。

知らぬ間にでき上がり、謎の男が消して回っていたそうなのだが、後には何も残らず、男は文字通り煙のごとく消えてしまったのだから。

その翌日から、戦争が始まるのではないかと噂が広まり、街は一層物々しく、兵たちはさらに疲弊していく一方であった。

◆　◆　◆

謎の武器『大イタチのぬいぐるみ』を手に入れた僕たちは、そのままボスの部屋へ入っていった。

ボスはそれまでの道中に出る魔物と似たような形状であることが多く、戦い方も似ていることがほとんど。

この階層は木の魔物だったことから、ボスもきっとそうなのだろうと思い扉を開けると、そこには見たことのある姿をした魔物とお供が数体いた。

《イビルワンダープラント》

まさか、東の山の麓《ふもと》にいるのと同じようなボスが出るとは思わなかった。

その光景を見ると同時に、アステアは前に出てお供のイビルツリーに斬りかかる。

一瞬遅れて、リリアもクロを突撃させると、次いでピヨちゃんには上空からのサポートを命じた。

魔法が効かないイビルツリーがイビルワンダープラントを庇いつつ、イビルアップルを生み出してこちらを翻弄する。

対峙した一瞬で、アステアとリリアはボスの行動を読んで動いていた。

コルンの弓もすでにイビルワンダープラントに向いているし、テセスはいつでも治癒魔法が使えるように、全員が見えやすい位置に移動している。

僕は何をすべきなのか？　一瞬で判断できる皆に感心しつつ、手に持つ剣に目をやって考える。

思いつく一番の方法は火魔法に弱いイビルワンダープラントを攻撃することだと思うが、アステアが前に出た今、広範囲の魔法を使うのは難しい。

「よしっ！」

僕は一声上げてから、武器を持ち替えた。

ともかく、こちらの動きを止める煩《わずら》わしいツタの元凶、奥にいるでかい図体《ずうたい》のイビルワンダープラントから倒そう。

見ている限り、アステアの剣では難しくとも、コルンの弓なら攻撃は当たるみたいだ。

僕も新作の銃に持ち替え、中に爆炎の弾を五発込めた。

僕の作った銃なので、弾込めが必要なところは若干手間ではあるが、攻撃力はお爺さんの作ったものより高い。

《ヴォルケーノツェリスカ：攻撃力１２０、弱点属性ダメージ＋３００％》

『赤い石』をドロップする亀のような魔物の、ごく稀《まれ》に落とすレア素材（だと思う）から作った銃だ。その製作に、プラチナもそこそこ使用してしまった。

特性には『一点集中』と『よく燃える』『燃える』を追加。

あとの二つは、なんとなくイメージにピッタリだったので、アグルの木片を追加してつけた特性だ。

幸いにして、どの銃も使用する弾は共通。でなければ、使い勝手があまりよくない。

まぁインベントリがあるので、様々な種類の弾を持っていても問題はないのだけど。

アステアが一体のイビルツリーを倒したところで、周囲に複数体のイビルアップルが出現。

クロとリリアがそれの処理に回る。

上空ではムチのように飛んでくるイビルツリーとイビルワンダープラントの枝葉を、ピヨちゃんが身を挺《てい》して防ぎつつ、切り落とす。

テセスは、ダメージを受けたアステアとピヨちゃんの回復を行っていた。

僕が準備をしている間に戦況は目まぐるしく動き、コルンは足元から出てきたツタを剣で斬り払う。

「すぅ……ふぅぅ……」

銃という武器は思いのほか反動が強く、しっかり狙いを定めて握らなくては上手く使えない。

僕は軽く息を整え、狙いをイビルワンダープラントの中心に合わせると、五発の弾を一気に撃ち出した。

『ガウン！　ガウン！』と、大きな音。そして着弾したところからも凄まじい爆発音が響き渡る。

これは耳が痛い。

僕だけでなく、周りのみんなも一瞬何事かと手が止まってしまった。

次からは耳に栓でもしておくべきだろうか？

いや、それでは魔物の動く音が聞き取れないか……

なんてことを僕はクラクラとしながら考えていたわけだが、ハッと意識を取り戻すのにそう時間はかからなかった。

いかんせん、戦闘中なのだから油断は大敵である……はずなのだが。

「だ、大丈夫？　ねぇみんなっ！」

「だ、大丈夫だ……」

コルンは返事をしたので、耳は聞こえているようだ。

テセスは右耳を押さえつつ、皆に順番に治癒魔法を飛ばしている。

味方だけでなく、魔物たちも何体か気を失っていて、クロとピヨちゃんは動かない魔物を狙い順番に攻撃していった。

次の瞬間には、残っている魔物はイビルツリーが一体のみ。

撃ち終わった銃に弾を込めようと、慌ててインベントリから取り出した時に見えた光景である。

そしてその最後の一体も、リリアの召喚獣たちだけで仕留めていた。

三十階層を超えてから、ボス戦は楽勝とまではいかなくなっていたが、この階層に関しては最近では最も楽に倒せたボスだったと言える。

「あっ、やったわ。宝箱もあるじゃないの」

ボス部屋にいた魔物が全て消えると、目の前にはいくつかの素材と一つの宝箱が出現した。

素材は珍しいものではなかったが、たまに出現する宝箱からはいいものが出る。

リリアが近づいて、腰ほどまである大きさの木製の宝箱を開くと、そこには『魔石』が入っていた。大きさからして上級魔石だろう。

箱の底にある一つの魔石を拾い上げようと、リリアは上半身を潜り込ませ、必死に手を伸ばしていた。

しかしバランスを崩して、そのまま宝箱の中にスッポリと入ってしまう。

ピヨちゃんがパタパタと近づいて、宝箱の中からリリアを引っ張り上げた。

《黒の魔石：中に闇の力が封じ込められた結晶。魔法使いが魔法を習得可能》

拾い上げた魔石を見せてもらうと、いつもと違う文字が書いてある。

普段なら《魔石：『火』》とかなのだが、やたらと説明的な表示だ。

とはいえ、あまり深くは考えずに僕の腰の袋に入れることになった。

リリアも不思議そうにしてはいたものの、とりあえずは次の階層に向かおうということになったのだ。

すぐ先にある四十階層。

十階層、二十階層が安全な場所だったから、きっとここも同じだと思っていた。

村にいる冒険者も、ダンジョン探索に慣れたのか、最近では十七階層にいるというグループまで出てきたという。

二十階層や三十階層にも、すぐにその冒険者たちがやってくるだろうから、僕たちは次の休息の場を確保したかった。

今回もボス部屋の向かい側に見える扉を開き、僕たちは何も疑わずに奥へと向かった。

扉の先に続く下り階段、その先にはいつもの通路や光溢れる光景……ではなく、なぜか今出てきた扉と同様のものがあった。

「あれ？　前の階層もこんなだったたっけ？」

階段を下りたら休めるとばかり思っていた僕は、扉の前で首を傾げた。

リリアは『変わった部屋でもあるのかな？』なんて言うけれど、コルンやアステアはすでに扉に手をかけている。

二つ目の扉の向こうには転移石があって、通路があり休息できる階層が広がっている――きっとそう考えていたのだろう。

「はぁー……今日はここの転移石に触れたらお終《しま》いだな」

そんなことを言いつつ扉の向こうへ歩いていくコルンと、剣を構えてキョロキョロと周囲を見回しながら歩くアステア。

扉の向こうは暗くなっており、光もあまり届いてないようだ。

ぼんやりと煙みたいなものは見えるが、それが何かは全くわからない。

僕たちも後ろからついて行き、前を歩くコルンたちに続いて扉を潜ろうとした。

が……

シュンッ……と、一瞬のうちに二人の姿が消えてしまった。

扉の手前で、僕たち三人は呆気に取られる。

落とし穴……いや、そんなものではなく、まるで転移したように、一瞬でいなくなってしまったのだ。

驚きで声すら出せずにいたのだが、ゆっくりと閉まり始める扉を見て慌てて走り出す。

「ちょっと、マズいんじゃない？　これっ！」

今までの扉もそうだった。

一人でも中に入ると、ゆっくりと扉は閉まっていく。

同じ挙動をしているこの扉が、おそらくボスの部屋に続いているのだろうということは、もう誰の目にも明らかだった。

「二人だけじゃ危ないよっ！　僕たちも行こうっ！」

「もっ、もちろんよ！」

僕が扉の先へと向かうと、リリアもすぐ後を追いかけてくる。

「二人ともちょっと……」

少し遅れて、テセスも不安そうな表情を見せながら駆けてきた。

次の瞬間には、僕らはどこかへと転移させられた。

そこは休息できる部屋同様に木々が生えた場所。

だが、天井に光る石は見当たらない。

いや、そもそも天井がないのだ。

青い空が広がり、遠くを見回せば周囲は山に囲まれている。

魔物は存在せず、先に行ったコルンたちも無事であった。

「お、センたちも来たのか。ビックリしたぜ、これまでみたいな場所かと思ったからよ。なんか、ダンジョン内っつーより、地上のどっかにいるって感じだよな」

「そうですよね。もしかしたら随分遠くに来てしまったのではないでしょうか？」

アステアも見たことのない光景だと言うので、僕たちは周囲を確認しようと歩き出した。

『クルル……クォーーーーォオンンン……』

するとと突然、遠くから聞こえてくる鳴き声。

これまた聞いたこともない声は、耳にしただけで身が震えるような、そんな威圧感を持っていた。

7話

広がる風景は、ダンジョン内とは到底思えない。

風を感じ、枝葉の擦れる音が聞こえ、空には雲も浮かんでいる。

これで遠くから聞こえてくる咆哮《ほうこう》がなければ、何も文句はないのだけど……

「ど、どど、どうすんだこれ？　俺たち今、どこに来ちまったんだ？」

「ちょっと落ち着きなさいよコルン。騒いだら魔物に気づかれるじゃない、今は様子見よ」

リリアが冷静に答えて、クロとピヨちゃんを声のする方へと向かわせる。

もちろん、転移が不可能なことは確認済み。

おそらくこの空間全て、山を越えられたとしても、そこも含めてボスのエリアという可能性が高い。

テセスもコルンを宥めつつ、現状を分析する。

「『ダンジョンの最下層に、邪竜の力の一部を封じ込めた魔物を放つ』――って、ユーグが言ってたじゃない。あの声は、きっとその魔物のものだよ」

確かに、そんなようなことを言っていた。銀の世界樹の種から生まれた四つの迷宮の最下層に邪竜の力を吐き出し、それを龍として具現化させる、と。

それを倒せば、邪竜の力を削ぐことができて、世界を救うことにつながるそうだ。

テセスの言葉を聞いたアステアが、僕にユーグとは誰かと尋ねるが、うまく説明できなかった。

世界樹そのもの？　いや、その意思を表象化したものなのだろうか？

ただのヤマダさんの友人という線も考えられるし、僕たちで遊んでいるだけの暇人なのかもしれない。

だって、真実だと聞かされていることは、全てその二人の口から出ただけで、証拠など何もないのだから。

「多分偉い人。世界のことをよく知ってる人なんじゃないかな？　僕も二回しか会ったことがないから、よくわからないけど」

別に面倒だったわけではないが、あまり深く説明する気になれなくて、そんな風に伝えた。

「へぇ……御使《みつかい》様たちよりもダンジョンに詳しい人がいるんですね……」

納得してくれたのか、そうでないのか。

とにかく、アステアもボス退治には積極的になってくれたみたいで、剣の抜身を見せて真剣な顔つきになった。

「あっ、戻ってきたよ」

リリアが指を差す方角から、召喚獣のクロが駆けてくる。

そのクロを抱き抱えて、リリアが『やっぱりなんかいるっぽい』なんて言った。

うん、それはわかっているのだが。

「なんだよ、そのネコを通して、魔物の姿が見えるとか強さがわかるとか、そんな能力じゃなかったのか」

コルンが残念そうに言うが、召喚獣とリリアは別の存在なのだから、言葉でも通じない限りわかるわけが……

「あ、ちょっと待って」

そう言って、僕はリリアに近づいていく。

注意を向ける対象が小さいと、自然と顔を近づけてしまうのは、きっと僕だけじゃないはず。よく草花を見ようとする感じで、リリアの胸元にいるクロに顔を近づけた。

「え？　な、何？」

突然胸元に顔を寄せた僕にリリアは戸惑ってしまったようで、僕は軽く謝ってクロに話しかけてみる。

「魔物を見たのなら、どんな姿だったか教えてくれないかな？」

『ミャ？（なに喋ってるの？）　ミャミャッ（でっかい龍《ドラゴン》から逃げてきて疲れてるんだから、休ませてほしいよ）』

クロがそう返してくるが、どうも僕の言葉は通じていない様子。

だが、魔物が大きな龍だということはわかったし、クロも戦いを避けたいくらいの強さなのだろうと予測できる。

「何て言ってたの？」

言語スキルを持つ僕以外には、当然何を言っているか理解できておらず、僕はクロの言葉を代弁して皆に伝えた。

「ユーグは邪竜の力の一部って言ってたから、もっと可愛らしいものだと思ってたけれど、やっぱり伝承のような龍なのね」

残念そうな表情でテセスが言う。

ちなみにレイラビットやクロみたいな魔物に限らず、スライムやゴブリンも『それはそれで可愛いわよ』なんて言うのがテセス。

『龍は可愛くないの？』と聞いてみたら、『本で見たことしかないからわかんないけど、あっちはカッコいい、かな？』って返ってきた。

さすがにグールとスケルトンが出てきた時には可愛いとは言わなかったが、テセスにとって魔物は大体可愛いかカッコいいものらしい。

「ウルフは？」

「可愛いじゃないの」

「絡新婦《じょろうぐも》は？」

「キモ可愛いわね。もちろん、死にたくはないから戦うのは避けたいけど」

龍がいるというのに、最初の咆哮以後は声も聞こえないせいか、そんな下らない話で場が和《なご》んでしまう。

そういえば、二十六階層にいた自爆する空飛ぶ丸いトゲトゲの魚『爆弾ふぐ』なんかは、可愛いくせにやることがカッコいいなんて言って、何度も戦っていたっけ。

そんな話をしたら、リリアが思い出したくないと言って顔をしかめた。

どうも、魔物から攻撃を受けた時に、スキル【怪技《かいわざ》】で覚えたくない技を覚えてしまったのだとか。

まぁ、十中八九『自爆』だろうと想像はついたけれど。

龍がいるといっても、慌てたって仕方ないし、どうも襲っては来ないようなので、今のうちに対策を考えるべきか。

ヤマダさんとユーグの話をよく思い出しながら、どうすればいいかを考えてみる。

「全員で一斉に攻撃を仕掛ければいいいんじゃねぇか？」

コルンが弓を握り、リリアも『それには賛成よ』と、ちょうど様子見から戻ったピヨちゃんを撫でながら返す。

やはり巨大な龍がいて、今は離れた場所で身を休めているらしい。

「生半可な力で仕掛けたって、仕留めきれずに踏み潰されるか食べられでもしたらお終いよ。なるべく離れた場所から攻撃したいわね」

リリアはそう言って、僕が色々と並べた武器の中にある銃に目を留める。

コルンの弓だと、ある程度まで近づかないと攻撃できないが、銃なら肉眼では追えなくなるくらいの距離でも届いてくれる。

「こっちは攻撃力は高いけど、一度に一発しか撃てない銃。一回撃つとしばらくの間撃てないから、あんまりオススメしないかなぁ」

そう言いながら、なるべく連発可能なものをリリアに勧めた。

コルンにもいくつかの銃と、僕がちまちま作っていた弾を百ほど。

最初に作った爆炎弾の他に、氷結弾と雷光弾、攻撃力特化の衝撃弾というのも作ってある。

そちらもコルンは銃と同様に受け取ってインベントリに。

様々な弾を見て再びリリアが口を開く。

「爆炎弾はダメよ。確か、ユーグが言っていたボスは、それぞれ四大属性のいずれかの力を持っていて、最初は火の属性だって話だもの」

「そうだったっけ？」

だとしたら、相性がいいのは氷結弾か。

「えぇ。でもどの弾が効果的かはわからないし、私は衝撃弾を使わせてもらうわね」

そう言って三十発の衝撃弾と、僕がオススメしないと伝えた強力な銃を持つリリア。

テセスも同じ銃と数発の衝撃弾を持つが、こちらはあくまでも龍に狙われて追われた時のため。

通常の攻撃手段として、手頃な五連発可能な銃を一つ持った。

「御使様の武器を僕も使うなんて、畏《おそ》れ多いです」

そんなことを言うアステアは、平常運転と言ってよいのだろうか？

彼が習得しているスキルは剣技ばかりだから、他の慣れない武器を使うのは怖いとも言うので無理強いはしなかった。

「ねぇ、これってあといくつ作れそう？」

リリアが銃を指差して僕に聞く。

「素材自体はダンジョンで見つけたものばかりだから、作ろうと思えばけっこう作れそうだけど……」

リリアが何をしたいのかはわからないが、いくつと問われればメイン素材——プラチナの数次第。

サブの素材は他のものでも代替が利《き》くことが多いから、どうとでもなると思う。

全員の持っているプラチナを集めると、ちょうど十個のアイテム合成が可能だった。

「じゃあそれ、全部私に貸してくれない？　ちょっと試してみたいことがあるんだ」

そう聞いて、なんとなくやりたいことは理解した。

僕は銃を【合成】スキルで作成して、でき上がったものをリリアに手渡す。

もし成功するなら、十個どころか百あってもいいくらいだとも思う。

「私は向こうの方に行くわ。私の準備が終わって、最初の一発を放ったら戦闘開始だからね」

そう言ってリリアはピヨちゃんを連れて走っていく。

クロは一旦お休みで、危なくなった時はゴーレムのガンちゃんを召喚するつもりだと聞いた。

僕たちもそれぞれの位置へと急ぎ、龍の見えるところまで近づいていった。

まだ遠くに見える龍は、それでも十分な威圧感があり、蹲《うずくま》って休んでいるかのように見える。

身体の色は赤みがかっており、火属性には違いなさそうだ。

姿が見えてもう少し進むと、言語スキルで龍の名前が見えてくる。

『焔龍《えんりゅう》ボルディグラウス』――なんだか名前だけで圧倒されてしまいそうだ。

龍との距離は大体、エメル村の端から端までといったくらいだろうか？

おそらくこれでも龍にとっては大した距離ではないのかもしれないが、さすがに逃げる間もなく踏み潰されるようなことはないと思いたい。

左斜め前方にリリア、そこから少し手前にテセス、コルンはアステアとともに、氷結弾を装填した銃を構えて右方から龍の背後に回ってみると言っていた。

流れ弾に当たらないよう、それだけは十分に注意しなければならない。

最初の一発で龍の意識がリリアの方に向くと予想して、コルンとアステアはその間に背後から皮膚の柔らかそうな箇所を探して狙い撃つつもりらしい。

「みんな、大丈夫かな……」

周囲に誰もいなくなったことで、徐々に不安が募《つの》ってくる。

リリアの言う準備とは、おそらく全ての銃への弾の装填。

少なくとも五分くらいはかかるんじゃないかと思うし、最初の一撃は緊張ですぐには撃てないかもしれない。

かといって、悠長にしていて龍に動かれても困る。

別れ際にテセスから渡されたパン料理『ホットサンド』を取り出して、パクリとかぶりつく。

お腹が空いたわけではなく、ステータス向上のため。

持続時間はおよそ三十分。【料理】スキルで作られた食べ物による効果だ。

準備をしながら待つこと十分、その何倍にも感じられた静寂の時。

左方から一発の銃声が聞こえ、僕の視界には首を振り上げ痛がる龍の姿が見えた。

『クオォォンンン!!』

攻撃を受けたことで龍が動き始め、折り畳まれていた翼は天高く開かれた。

リリアの撃った弾は見事に頭部を捉えており、大きなダメージを与えたに違いない。

続けて僕も攻撃に出ると、左方から次の銃弾が飛んでくる。

一発ずつしか装填できないのなら、複数の銃全てを装填した状態で持ち、撃ち終わったら次の銃に持ち替えればいい――それが、リリアの考えだった。

威力の高い攻撃を続けて放ち、短時間でなるべく多くのダメージを与えてやろうとしたのだ。

僕も様々な銃を辺りに置いて、その一つ一つになるべく多くの弾を装填しておいた。

五発撃ち、別の銃では八発を撃つ。

衝撃弾や氷結弾だけでは数が足りないので、通常弾と雷光弾も使用するが、ダメージがないということはなさそうだ。

……だが、それにしても頑丈すぎる。

「動いたっ!」

さすがの龍も攻撃を受けっぱなしというわけにはいかないのだろう。

翼を強く地面へ叩きつけると、その勢いのまま上空へ飛び、羽ばたきながら高度を維持している。

あの巨体を持ち上げ、飛び続ける翼の力……さすがに魔法か何かだと思いたいが、見る限りでは普通に羽ばたいているようでしかない。

あの力で攻撃されたらおそらく……

「ダメだ、ちゃんと戦わないと」

一人でいるせいだろうか、つい悲観的なことを考えてしまった。

敵が動き出したからには、一箇所に留まっているのは良くないだろう。

せっかく弾を装填しても、インベントリに入れると弾と銃が別々になってしまうが、仕方なく周囲に置いた銃は全て片付けてから右方へ移動した。

一撃一撃が強力だったからか、やはり予想通りリリアの撃った方向を振り向いて何かを探している様子の龍。

尾と腹の辺りが白く見えるのは、コルンの撃った氷結弾の影響だろうか。

リリアのいる方角からは十発前後の銃声が聞こえていたが、今はもう鳴り止んでいる。

それでもまだ龍はピンピンしており、次の瞬間には離れた地面へとダイブするかのように突進していった。

生えている木はいくつもなぎ倒され、地面がえぐられているのがわかるほど、音と震動が伝わってくる。

龍の姿が完全に見えなくなり、僕は舞い降りた方向へと走り出した。

8話

龍の姿が見えなくなってから、どのくらい走っただろう？

リリアのいるであろう場所に向かって走り始めたのだが、どちらの姿も一向に見えてこない。

とは言っても、まだほんの数十秒程度だけど……

「大丈夫……だよね、リリアだし」

そう言葉にしたら、なんとなく無事などころか、もう龍を倒してるんじゃないかという気にさえなってきた。

木と岩を避けながらもうしばらく近づいていくと、急に上空から稲光《いなびかり》と轟音が鳴り響く。

リリアの技、サンダーストームが放たれたようだ。

「良かった、無事みたい」

ホッとしていると、後ろの方からコルンがアステアとともに近づいてきて、声をかけてくる。

「あっ、いたいた。そっちはどうだ？」

「今向かってるところだよ。サンダーストームが見えたから、もう少し奥にいるみたいだね」

コルンは銃ではなく、いつもの弓を持っている。

バッタリと龍に出会ったら、僕もその身体に突き刺してやろうと思い剣を持った。

薄い刃が頼りないが、魔法も使えるから、汎用性《はんよう》の高さを取るならこちらだろう。

さらに進むと、龍と対峙しているアイアンゴーレムのガンちゃんがいて、龍の攻撃は完璧なまでに防御しきっている様子だ。

「す、すげぇ……」

「本当ですね……さすがリリアさんだ」

その光景にコルンとアステアが感心して声を漏らすが、僕も静かにしなくてはと声を出さなかっただけで、同じくらい驚いていた。

召喚したアイアンゴーレムのレベルはリリアに依存、さらに耐久面に特化した魔物だからこそできる芸当なのだろう。

噛みつき攻撃、尻尾、爪──龍の攻撃の全てが、ガンちゃんの両の腕によって防がれている。

だが、肝心のリリアの姿はない。

「どうしよう……声は出さないほうがいいよね」

同意を求めるように小声で尋ねると、コルンは周囲を確認してみようと提案した。

キョロキョロと周囲を見回しているうちに、再び龍目掛けてサンダーストームが放たれる。

「うわっ……と、急にくるとビックリするよ……」

僕はつい声を漏らしてしまうが、どうやらガンちゃんをオトリにして、リリア自身は遠くから攻撃を繰り返すという作戦のようだ。

いつものリリアだったら、味方の召喚獣をオトリに使うなんて絶対にしないはずだが、さすがにそうも言っていられない状況だと考えたのだろう。

僕たちもこのまま棒立ちでは後からリリアに文句を言われそうなので、とにかく龍に攻撃をしようと思う……のだが。

「ねぇコルン、居場所がバレないような攻撃手段って、何かある？」

魔法で出せる氷の槍なんかは、あまり遠い位置には作り出せないし、リリアのサンダーストームみたいに魔物の上空から降り注ぐような技も習得していない。

コルンも首を傾げて考える。

「僕のスキルでしたら、お二人の攻撃力を高めることができますが」

【ダブルアタック】というアステアの覚えていたスキルで、一撃の威力はやや下がるが、手数が二倍になるものがあるそうだ。

実際には残像みたいなものができて、剣だったら二重に見えるのだとか。

強くなれるのなら、もはや細かい仕組みはどうでもいい。

効果持続時間は数分とのことなので、行動開始直前に使ってもらうことにする。

「やっぱり俺は弓で攻撃してみるわ……そうだっ、前作ってくれた魔法の矢って、今作れるか？

できれば十本くらいあるとありがたいんだが」

コルンが言っているのは、魔石を使った風の矢のことだろうか？　だとすると、普通に強い攻撃を繰り出す作戦か。

四大属性のルースなら、いつも腰袋に入れているから作ることは可能だけど、今の状況であの特殊な形をイメージしながら完璧に作るのは難しいかもしれない。

普通の矢の形でも、あの龍にならちゃんと効果は発揮しそうではあるが……

「あっ、ちょっと待ってよ」

僕は一つの作戦を思いついた。

腰袋に入っていた青いルースを大量に取り出すと、他の素材とともに次から次へと攻撃アイテムを合成する。

形は細長い棒状で、複雑な造形は一切なし。

それをキングスパイダーの糸を利用して軽くひとまとめにして、コルンに差し出した。

「あの龍の背中目掛けて、これを放てる？　途中でバラバラになるくらい軽く結んであるけど、当たらなくてもいいし、適当に近くに飛びさえすればいいからさ」

「あ、あぁ。そのくらいなら大丈夫だと思うぜ。ようするに、上から降り注ぐように射ればいいんだろ？」

コルンが矢の束を受け取ると、『ちょうどやってみたかったんだよ』なんて言いながら、弓を構えた。

「アステア、さっき言ってたスキルを頼むわ」

「あっハイ、わかりました」

僕が狙ってほしいと言った背中よりも、もっともっと上空に向けられた弓は、『ヒュッ』という風を切る音とともに、渡した束を見えないところにまで撃ち上げていた。

僕の思いついた作戦は、動き回る龍がそれを踏むと、折れて水の魔法が襲い掛かるっていうものだったのだけど……

「いやぁ、すごく遠くまで飛んでいきましたね……」

束が見えなくなってしまい唖然とする僕をよそに、まるで人ごとのようにアステアが言う。

「ど、どこまで飛んでったの？」

「大丈夫、心配すんなって。ちゃんと必殺技は発動したみたいだからよ」

コルンがそう言うので、ハラハラしながらも数秒待っていると、突然龍が鳴き声を上げた。

上空から無数の矢が降り注ぎ、それとともに僕の作った棒状のものが龍に突き刺さっていく。

矢がダブって見えたりするのは、アステアのスキルの効果だろう。

それだけで折れて魔法が発動したものもあるし、刺さった矢を嫌がり龍自らが折って発動させたものもある。

一瞬の間に龍の全身はボロボロになり、崩れ落ちた際にも棒が折れ、さらにダメージを受けている様子が見受けられた。

「よっしゃ、上手くいったぜ」

新しく習得した必殺技の名前は【アローレイン】というらしい。

天高く放たれた矢は、落ちてくる際に加速して威力を増し、無数の矢が魔物の逃げ場をなくすという強力な技。

ただ、せっかく覚えたのだけど、ダンジョンでは試せる機会がなかったので、今の今まですっかり忘れていたのだとか……

「そんな大事なこと、よく忘れられるね」

「いーじゃねぇか。こうやって、必要な時に思い出したんだからよぉ」

そんなことで笑って、少し気持ちが落ち着いたところで龍の方を見てみる。

召喚されていたはずのガンちゃんの姿は消えていて、龍がボロボロになりながらも再び立ち上がる様子が窺えた。

そこに追い討ちをかけるかのように、サンダーストームが落ちる。

先ほどのものよりかなり威力が上がっているようだったが、それでも龍は立ち上がって周囲を見回し、ついに僕とコルンの姿を捉えた。

もはや僕たちもなりふり構ってはいられない。

「一旦バラけるぞ！」

そう言いながら、コルンは右手から龍の背後に回るように走っていく。

アステアは反対方向へ、僕も剣を使って氷魔法を放ちながらその場を離れた。

木と木の間を埋めるように、冬場の水たまりに氷が張るように。

僕の魔法が周囲の地面と木々を凍《い》てつかせると、龍はそこに身体をぶつけ、足を取られていた。

これまた上手くいったみたいだ。

つい、攻撃しようかと考えてしまったが、怯まずに向かってこられたらたまったもんじゃない。

ありったけの魔力を注ぐイメージで、次々と氷魔法を繰り出していく。

いつになく調子が良く、あっという間に龍と僕の間には分厚い氷の壁ができ上がっていた……はずなのだが。

『クルルル……』

龍の攻撃は物理的なものだけだと、誰が言っただろうか。

そう、こいつは『焔龍』ボルディグラウス。

最初から火魔法を使って当然だと考えるべきだったのだ。

絡新婦《じょろうぐも》の火球など、今となっては子供の火遊びのようではないかと思えてしまう。

周囲に火の渦《うず》を作り出し、僕の作った氷の壁もろとも辺り一帯を焼け野原に変えてしまったのだ。

「熱《あっつ》いわよ馬鹿っ!!　髪の毛がちょっと焦げたじゃないのっ！」

「リリアちゃんっ、回復しなきゃ」

少し離れたところから怒号が聞こえ、そこにはリリアとテセスの姿が見えた。

位置から想像するに、今の龍の攻撃をまともに受けたのかもしれないが、心配するほどのダメージではないようだ。

だが、僕も含めて、身を隠せる場所を失ってしまった。

リリアもコルンも諦めて攻撃を繰り出す。

アステアにいたっては、いつの間にか龍の背中に乗って剣を突き立てているのだから、素直にすごいと思った。

僕も氷魔法を放って攻撃をするのだが、みんな、龍の攻撃を徐々に受けるようになっていった。

「嫌《や》んなっちゃうよ、まさかここまで追い詰められちゃうなんてね」

「いやいや、アイツが硬すぎんだって」

武器を構えながら、リリアとコルンが愚痴《ぐち》っている。

テセスは回復に余念がなく、僕も魔力回復ポーションを取り出したりと大忙し。

四人が一ヶ所に固まり、ピヨちゃんは上空からの攻撃を行っている。

爪や尻尾の攻撃は辛《かろ》うじて防ぐことができるけど、噛みつきだけはそうもいかない。

アステアが背中にいて気を取られているおかげなのか、踏みつけてこないだけマシだとは思うが、それでも危険には変わりなかった。

「ねぇ、口の中ってやっぱり柔らかいわよね……次に噛みついてきたら、あの中に攻撃してみない？」

「マジで言ってんのか？　さすがにアレは本気で避けないとヤバいんじゃないのか？」

なにやら不穏な会話をしているリリアとコルン。

こちらにも聞こえてこないわけじゃないけれど、噛まれるのは正直勘弁してほしい。

だが、その想いは通じず、龍が噛みついてきたら正面にいる者が口の中に攻撃を仕掛けてみるという、とんでもない作戦が決行されようとしていた。

そりゃあ口の中を攻撃されたら、いくら龍といえども怯まずに攻撃してくることはないと思うが……

僕の魔力は残っているし、今日は調子もいいほうだ。

ここは覚悟を決めて、その作戦に乗ってみよう……と、思った矢先のことだった。

「セン！」

コルンが僕の名を叫んだ。

アイテムを取り出そうと、一瞬だけ視線を龍から外した瞬間。

よりによって、まさかこの隙に噛みつき攻撃がくるなんて、ちょっと今日は運勢が悪いのかもしれないな。

だけど、そんなことでめげたりはしない。

すぐに剣を前に向け、大きく開いた龍の口を目掛けて魔法を放つ。

即座に尖《とが》った氷の塊が龍の口内を襲うが、大きく首を上げ悲鳴のような鳴き声をあげた直後、再び僕に噛みつき攻撃を繰り出してきた。

『クォ……（マジかよ、勘弁してくれ……）』

軽く鳴いただけの龍の声まで聞こえてしまったが、攻撃が効いているとわかれば怖いことはない。

何度でも口内に魔法を放ってやろうじゃないか。

「もう一発食べたいって言うんだねっ！」

僕は再び剣を前に構えた……が、なかなか魔法が発動しない。

先ほどまで気持ちいいくらい使えていたはずなのに。

魔力も十分に残っているはずなのに。

ヤバい……このままじゃ噛みつかれてしまう。

首でも噛みちぎられたら、僕は一体どうなってしまうのか……

動揺が隠せず、血の気が引いたせいか、視界がぼやけていく。

誰か……

「自爆っ！」

その時、急に横から黒い影が飛び出してきて、そのまま龍の口に入っていった。

直前に聞こえた声はリリアのものだったが……まさか自ら口に飛び込んだというのか？

僕の目の前で、閉じられた龍の口から大きな爆発が起こり、そのまま龍は全身を力なく横たえていった。

巨大な龍は、自爆をした一つの命と引き換えに討伐することができたのだ。

龍をかたどっていた力は消えていき、光となった後には小さなアイテムがいくつか残されているだけ。

それ以外、チリ一つ残されていない……

もう回復どころの話ではない。復活することはあり得ないのだ……

そう思うと、ギリギリまで耐えていた僕の感情は滝のように外へと溢れ出てしまった。

泣いた……いつまでも。

こんな旅を始めてしまったことを後悔し、みんなの呼びかける言葉ももう耳には届いていなかったのだった……

9話

「なんだぁ、じゃあ私が自爆したと思ったんだ」

笑いながらリリアが僕に言う。

龍が消えてドロップアイテムに変化した後、涙を流す僕の後ろからリリアの声が聞こえてきて、ひどく混乱した。

「本当にリリアが龍の口の中に飛び込んだのかと思ったんだよ。視界がぼやけてたし、爆弾ふぐって意外と大きくて黒っぽい見た目してるんだもん」

そう、龍の口の中で自爆したのは、リリアが召喚した爆弾ふぐだった。

「まるで私がいつも真っ黒な格好だって言われてるみたい。それに爆弾ふぐが黒いのって背中だけで、お腹のほうは白いわよ。なんだったら一回見てみる？　……っと、今はまだ呼び出せないか」

リリアの召喚獣は、体力がなくなるとしばらく召喚できなくなるそうだ。

ガンちゃんも、余裕そうに見えていて、実はかなりダメージを受けていたらしい。

離れたところでテセスが治癒魔法を飛ばしていたから、耐えられていただけなのだという。

「そんなことよりさ。さっきのセン、魔法を使うのがすっごく遅かったじゃないの。私が爆弾ふぐを召喚してなかったら、普通に食べられてたんじゃない？」

「あ、それ私も思ってたわ。なんですぐに魔法を発動できるスキルを使わなかったのかなって」

一回目の噛みつきの時に、リリアは正面にいなくてもできる攻撃手段として爆弾ふぐの召喚を思いつき、二度目の時に実行に移したそうだ。

僕が魔法を使うかどうかに関係なく、爆弾ふぐの自爆は決定事項だったのだとか。

魔法がすぐに放てなかった理由――それはインベントリを見てすぐに理解することになった。

《銀貨：8　小銀貨：7　銅貨：9》

うん、たくさん用意しておいたはずの小金貨が一枚も残っていない。

さっき、銃やら矢やらを合成してかなり消費したからな……夢中で忘れていたけれど。

幸いなことに銀貨がある程度残っているので当面の生活には困らないが、受けたショックはかなりのものだった。

なにせ装飾品を売って、ちょいちょい稼がせていただいた数十日分の小金貨が、この一戦であっという間になくなってしまったのだ。

『99＋』と書いてあったし、小金貨百枚以上――あの換金しなくては使えないほどの大金、白金貨一枚分は確実にあったというのに。

【合成】スキルを得てからというもの、僕の人生、裕福になったり貧乏になったり大忙しだ……

これで、また稼ぐ方法を考えなくてはならない。

「なるほどねぇ。あれほど気をつけるように言ったのに、うっかりスキルを使いまくってしまった……と」

リリアが冷ややかな目でこちらを見るが、僕だって悲しいのだ。

あまり責められても困るし、スキルのオンオフを切り替えられるのなら僕だってそうしたい。

「し、仕方ないじゃん。命の危機にさらされてたんだから」

確かに途中で、ちょっと調子が良すぎるなとは思ったけど……普段はあまり攻撃魔法を使わないし、レベルが上がった影響かとも思うじゃないか。

「あの、そろそろ元のダンジョンに戻りませんか？　素材も回収し終えましたし、特に魔物の姿や集落のようなものも存在していないようですから」

アステアが手に大きな結晶体を持って近づいてくる。

その他にも、見たことのない金属を三つ、他にも珍しい素材をいくつか。

全て、今回の焔龍ボルディグラウスから入手したドロップアイテムのようだ。

《四龍の力～焔～：救世主の求めた力のカケラ。全てを揃えると願いが叶うという》

《ヒヒイロカネ：この世で三番目に硬いとされる合金。非常に強力な武器の素材となる》

「そうだね。アイテムも気になるけど、とりあえず村に戻ろっか」

ひとまず今回の功労者リリアにそれらのアイテムが渡され、あとで分配する予定。

「あー疲れた。時間的には昼過ぎかぁ。まだ飯も食ってねぇし、今からとね屋に行かねぇか？」

コルンがお腹から大きな音を鳴らして、そんな提案をした。

「私はお腹いっぱいよ。お茶くらいなら付き合ってもいいけど」

「ふふっ。リリアちゃん、私の作ったプリンを八個も食べたのよ」

え？　僕もホットサンドは食べたけど、なんでリリアはそんなに大量に？

「ちょっとぉテセス！　恥ずかしいから言わないでよっ」

顔を赤らめながら、リリアが文句を言っている。

お構いなしにテセスが説明していたが、どうやらプリンには三十秒だけ魔法攻撃力を高める効果があるらしい。

魔法と魔法の合間に一個食べることを繰り返していたから、結果的にその量になったのだとか。

「べ、別にいいじゃないの。ガンちゃんを召喚している間は、私のステータスも一時的に下がるんだし、そのくらいしないとダメだって思っただけよ」

そういえば以前、スキルを習得した時にそんなことを言っていたな。

あー、なるほど。ようやくわかった。

あとで放っていたサンダーストームは、ガンちゃんが消えて元のステータスに戻ったから強かったのか。

さて、戻るといっても未だに転移はできない。

きっと、この地は結界のようなもので囲われた特殊な場所なのだろう。

まぁ、ユーグやヤマダさんがやることだから、今さら多少のことで驚いたりはしないけれど。

実は、龍の倒れた場所に大きな光の円ができている。

その周囲にドロップアイテムが出現していて、まるで『お帰りの際はこちらから』とでも言わんばかりだった。

試したわけではないけれど、満場一致で、ここに乗れば村かダンジョンに帰れるに違いないという結論になった。

では誰から行くかという話になるのが、そこは怖いもの知らずのテセスとコルンが『じゃあ私

（俺）から』』なんて言う。

どこに繋がっているのかわからなくても、あとに残った者で次は誰が行くのかという話になるのだから、議論するだけ不毛だということらしい。

なるほど、と思い、結局全員で光の円に入った。


「わっ！　なんだお前ら、いきなり出てくんなよ！」

僕たちの目の前には、ちょうどダンジョンに入ろうとしていた一組の冒険者たちがいた。

どうやらダンジョン内ではなく、村の依頼所の横、ダンジョンの出入り口に飛ばされたみたいだ。

なんと答えようかと困ったが、よく考えたらここはいつも普通にダンジョンから出てくる場所。

「驚かせてしまい申し訳ございません。先ほどようやく三階層目のボスを倒したところで、設置されていた転移石で戻ってきたのです」

シレッとそんな大嘘をつくアステア。

三階層というと、確かシルバーウルフとかいうボスだったたか。

毛並みが銀色に輝いていて、綺麗な毛皮をドロップする。

手ぶらというのも変だなと思って、こっそりとそのアイテムを取り出して、冒険者たちに見えるように持ってみた。

「おいおい、銀色ウルフは四階層だぜ。自分たちが今どこにいるのかは、ちゃんと把握しておかねぇと危険だぞ」

そんなことを言いながら笑われてしまったが、まぁ三階層でも四階層でも大差はない。

僕たちがダンジョンから立ち去ろうとすると、入れ違いで中へ行こうとした冒険者たちが背後で騒ぎだした。

「おい、何立ち止まってんだよ」

「わ、わかんねぇよ！　なぜか入れねぇ。お前らっ、何かしたのか？」

冒険者の一人が僕たちを呼び止めるが、僕たちも一緒になってダンジョンに入れないことを驚いてみせた。

いやまぁ、見えない壁に遮られるなんて思っていなかったから、本気で驚いてしまったのだけど。

「やっぱり龍を倒したからだよね」

冒険者たちが諦めて引き返した後、僕たちはこっそりとそんなことを喋っていた。

アステアは、『ある程度時間が経つと消えると思います』なんて言っている。実際に王都周辺のダンジョンは、踏破後すぐに消滅したらしいのだ。

「まだこんな時間じゃ中に人がいるだろうし、全員出てきてから消えるんじゃない？」

時折ダンジョンの入り口を振り返りながら、僕たちはとね屋へ向かった。

様子を見に戻る頃には、ダンジョンはなくなっているだろう。

その頃にはきっと、いつも突然現れて、意味のわからないことを言うあの人がやってくるに違いない。

なんて考えていた矢先、とね屋に入った僕たちは、その人物に早速出会ってしまった。

「ようっ、ずいぶんとボロボロじゃねぇか」

「おかえり、先に美味しいご飯食べてる……」

魔王ヤマダさん、そしてこの村の生産ギルド長ミア。

僕たちを待っていたのか、大きなテーブルの席について、すでに料理もズラっと並んでいた。

僕たちはそこに座り、いつも通り少し遅めの昼食をとる。

と言っても、テセスの料理を食べちゃったから、そんなには食べられないのだけど。

「ミアから聞いたぜ。リリアちゃんが自爆したと思って号泣したんだろ？」

戦いの結末は、すでにヤマダさんにも知られていた。

ミアは一体どこで見ていたのか。いや、それよりも……

「ご、号泣はしてないよっ！」

ちょっと涙が出ただけで、そんな悲しいとか……あ、いや悲しかったのは事実か。

あれ？　じゃあ泣いてないって言ったらリリアに失礼？

恥ずかしい思いから、よくわからないことで頭がいっぱいになる。

リリアがクスクス笑って喋り出したから、僕のフォローでもしてくれるのかと思ったのに。

「うん、すっごく泣いていたわね。センでもそういう感情があるんだってビックリしちゃった」

僕に追い討ちをかけるようにそんなことを言うので、僕はしばらく黙っていようと思った。

「とにかく、四龍の一体目は倒せたわけだ。さすがの俺でも、龍の耐久力の前では無傷でいるのは無理だから助かった。残り三体もこの調子で頑張ってくれ」

ヤマダさんは特殊なスキルを持っていて、そのせいでダメージを受けるとユーグにも影響が出るらしい。

だから別行動をしているわけだけど、普段は何をしているのか気になって聞いてみる。

「ん？　俺がいつも何してるのかって？　まぁ、ちょっと探し物をな。別にいつも魔王城でゴロゴロと惰眠《だみん》を貪《むさぼ》ってるわけじゃないぞ」

そんなことを思っていたわけではないが、自分で言うってことは、やっぱり普段からゴロゴロしているのだろう。

「魔王様、さっきまで寝てた。探し物はミアがもう見つけたから、自分で作ったダンジョンを消して回ってる」

「おまっ、余計なこと言わなくていいんだよっ」

ヤマダさんがミアを睨みつけるが、全くお構いなしに普段のヤマダさんの姿を饒舌《じょうぜつ》に話すミアは、どこか楽しそうだった。

「おいっ、みんなっ！　エメル大迷宮が消えちまった！」

一人の冒険者が慌ただしくとね屋に入ってくる。

今まで中にいた冒険者だったらしく、魔物が出てこなくなって引き返してきたそうだ。

出てきたと同時にダンジョンの入り口が消えてしまったのだから、そりゃあ驚きもするだろう。

その冒険者が他の者に状況を説明するが、むしろ冒険者のほうがみんなに責められてしまう。

中で何をしたのか、この村に稼ぎにきたのにどう責任を取るのか。

聞いているだけで若干可哀想になってくるのだが、僕たちのせいだとは言えないので、黙っていることしかできなかった。

「もともとなかったダンジョンなんだ。別にいいじゃねーか。村の外には魔物がウヨウヨしてるし、案外しばらくしたら、また新しいダンジョンができ上がってるかもしれねぇぜ?」

ヤマダさんはスッと立ち上がって、そんな言葉で場を鎮《しず》めた。

僕もそれを聞き、ふと思い出して『世界樹の種』を取り出して眺めた。

10話

すぐさま次のダンジョンを作成して潜ることにしたのだが、僕たちはすんなりと十階層に辿り着いてしまう。

そりゃあそうだ、ダンジョンの構造自体は焔龍のものと変わらないのだから。

四龍の一角である焔龍を倒すことができた僕たちにとって、それほど攻略の難度は高くなかった。ダンジョンが復活したことで、以前のようにエメル村の冒険者たちは大盛り上がり……とまではいかなかったが、新しい魔物の出現やマップの作成でアレコレと忙しいようだ。

焔龍討伐で自信がついた僕たちは、順調にダンジョン探索を続けていた。

だというのに、しばらくして王都からも本格的に調査隊が派遣され、僕たちは特殊解毒薬を大量に作っていることを理由に、国への反逆を疑われた。

村の店には武器や防具も王都より優れたものが揃っているので、そう思われるのは仕方ないらしい。

アッシュだけでなく、アステアやバリエさんも一緒になって疑惑を晴らしたのだが、その後も隊長さんや、魔法の研究をしているとかいう不思議な女性がしつこくやってくる。

すぐに対策を考えることになり、僕たちはとね屋でいつものように食事をとっていた。

「面倒だから俺がやられたことにするか？　魔王が倒されたとなれば、エメル村どころの騒ぎじゃなくなるだろう」

どうせ魔王のこともろくに知らないのだから確かめようもないと、そう言われれば納得できてしまうのだから恐ろしい。

「でもヤマダさんが？　うーん、それで信じてくれればいいんだけど……」

見た目が人族と変わらないあの者が、本当に魔王だったのか？

きっとそんな風に思われて、大事《おおごと》にはならないのではないか。

「大丈夫だ。デュランだったら上手くやってくれるだろうよ。それと、この間手に入れた魔石が魔王のものだったことにすればいいな。滅多に手に入るもんじゃないし、国が調べてるうちに四龍くらい討伐できちまうだろ」

少し前に手に入れた魔石は、先代魔王とは関係のない、この世界に以前からあった本来の魔石らしい。

それを渡しておけば、少なくともすぐにバレることはないだろうとヤマダさんは言う。

いつものように肉野菜炒めを口にしながら飄々《ひょうひょう》と喋っているので、心配はないのかもしれないが……

◆ ◆ ◆

翌朝、僕が家の近くでデッセルさんと商談していると、アステアがデュランを連れて王都へ向かう準備をしていた。

デュランの手には太めのロープが巻かれ、それっぽい首輪で魔力を封じている『設定』なのだとか。

いや面白い、デュランの力をロープ一本で封じられるはずがない。

これで騙されるのだったら、よっぽどじゃないのか？

あとになって、そんな笑い話をコルンとしていた。

数日後、無事王都からアステアとデュランが帰ってきて、そしてなぜかデッセルさんまで一緒だった。

「いやぁ、センさんに卸していただいた商品は即完売でしたよ。まだ時間はたっぷりありますし、しばらくエメル村に滞在しようかと」

なんという商魂、なんという行動力。

アステアのほうは、魔王ではなく魔王の僕《しもべ》を捕まえたと報告し、幻影を作ってデュランさんを城内で倒したように見せかけたそうだ。

「どうだったんだよ、ロープ一本で上手くいったのか？」

「いやですよ、コルンさん。上手くいかなかったら僕はここにいませんからぁ」

小さく笑いながら、アステアは楽しそうにしている。

最初に会った時の暗い感じは、もう随分と消えたようでよかった。

「今度は全ての魔族を倒して魔石をお持ちします！　って、王様に言っておきました。だからもう目の前でデュランさんを斬るような真似はしなくて大丈夫です」

幻影でも人を斬るのはやっぱり嫌だそうだ。

アステアは、魔王を倒した暁《あかつき》には王女様と結ばれるのだとか。

王子はいないそうなので、将来的にはアステアがこの国の王様に？

そう言ったら、アステアは照れて笑う。

「気が早いですよ、センさん。でも、そうなったらもっと面白いじゃないですか。魔族も人族も関係なく、一緒に暮らせるんですよ。そういう社会になるように、僕が動けばいいんですから」

なんか、すごく変わったなぁアステア……

何気《なにげ》に王女のことも気に入っちゃって、すでに婚約は済ませてきたのだという。

これはもう、全力で応援するしかないよね。


そんなことのあった翌日から、僕たちは再びダンジョンに潜り、ついに最下層。

僕の用意しておいた武器を、インベントリから次々に取り出していく。

今回も、予《あらかじ》め弾を装填しておいた銃で一気に倒してしまおう。

そんなことを話していたのだが、僕たちの作戦を聞いたヤマダさんが、インベントリを使った裏技を思いついたと言い出した。

裏技……倒せるのなら裏でも表でもいいのだけど、とにかく一体何をするのかを聞いてみる。

「なぁに、適当な武器を多めに用意するだけだよ」

ヤマダさんに言われるまま、剣や魔符、銃も弾も十分に用意して、僕たちは次の四龍――『礫《れき》龍《りゅう》ドラグノス』のもとへ。

戦闘が始まったと同時に、ヤマダさんはリリアの召喚獣に乗って空を飛ぶ。

このためだけにワイバーンを召喚できるまで討伐してきたというのだから、リリアもご苦労様である。

「じゃあ……まっ、行くかっ！」

一度に数百の剣を取り出して、その全てを風魔法を使って龍に投げつけるヤマダさん。

それに合わせて僕たちも一斉攻撃を仕掛ける。

次いでヤマダさんが、何十枚もの魔符をこれまた風魔法で龍に貼り付けていった。

着弾した弾の衝撃で破れて風魔法が発動。

その魔法で誘発された他の魔符のダメージも重なって、ほとんど僕が手を出さずに礫龍《れきりゅう》ドラグノスは討伐されてしまった……

問題は、どちらかというとその後。

あちこちに散らばった剣を回収して回らなきゃいけなかったし、使った魔符の金額を考えるとゾッとする……

「意外と呆気なかったわね。じゃあ次の戦いまでに、センにいっぱい用意しておいてもらわなくちゃ」

「えっ……やっぱり僕が用意しなきゃダメなの？」

予想はしていたのだ。

戦いの前に、ヤマダさんが『一回くらいいいだろ？』なんて言ってたから。

魔符も武器も作るのは簡単だけど、それに使う素材を集めるのが……

◆　◆　◆

次のダンジョンができた時には、僕はリリアとともにリザード狩りを行っていた。

それはもう遠慮なく、片っ端から徹底的に。

なぜか以前よりも数が少なくなったような気もしたけれど、きっと気のせいかな。魔物だから、すぐに復活しちゃうだろう……

三つ目のダンジョンはわずか五日で攻略し、呆気なく『雫龍《だりゅう》ドロウディア』を討伐。

「なんだ、思ったよりも簡単だったな。じゃあ今度も頼むぜ、セン」

コルンにそんなことを言われて、少しだけムッとしてしまう僕だった。

最後の四龍のダンジョンは、コルンの集めた素材を使わせていただくことにしよう。

準備がどれだけ大変なのか、しっかりとその身に刻み込むといい。

その頃には僕たちのレベルは、ついにヤマダさんと同じになっていた。

それだけ強い魔物と戦い続けていたわけだが、何百年も生きているヤマダさんに追いついてしまうということは、これがレベルの限界なのかもしれない……

11話

誰が『簡単だ』と言っていたのか……

ダンジョン攻略を三度繰り返し、次もまた同じように討伐できるものだと思い込んでいた。

焔龍《えんりゅう》も礫龍《れきりゅう》も雫龍《だりゅう》も……与えられるダメージはそれぞれ違えど、ある程度の攻撃を続けていれば討伐できた。

しかし、『旋龍《せんりゅう》シャウストラウス』はどうだ。

ずっと上空を飛び回り、これまでの戦い方が通用しない。

「ピヨちゃんお願いっ！」

『ピュイッ！』

戦闘が始まって、リリアは距離を取るためにピヨちゃんを呼んだ。

それとは別に、もう一体召喚されたワイバーンには僕とテセスが乗って、攻撃に向かう。

「おいっ!?　俺はどうすりゃいいんだよ！」

コルンが叫んでいるが、すまない……なるべく弓で攻撃してほしい。

「コルンさん、ひとまず安全な場所へ……」

アステアは冷静に大きな岩陰を目指す。

敵の攻撃方法は未知だけれど、これまでの流れから物理攻撃と風魔法の使用が考えられる。

問題は風魔法をどこまでかわすことができるか、だが……

キュオオオン！

風を切り、猛スピードで急降下してくる旋龍。

「うわぁぁっ、危なっ!?」

「ひゃっ、怖ーい……すっごいスピードだったね……」

間一髪のところでワイバーンが身を捩《よじ》って避けてくれたので助かった。

魔法だけじゃなく、動きが速いから威圧感も半端ない。

力や防御が高いよりも、よっぽど戦いづらいな。

「お前たちもミアのアイテムを受け取れ！　少しくらいはマシな動きになるだろっ！」

地上でヤマダさんが叫んでいる。

アステアとコルンも、武器を構えて左右に散ったようだ。

各々《おのおの》で攻撃のタイミングを狙っているのだろう。

「掴まっててよテセス！」

ワイバーンの首元を軽く叩き、ミアの近くへ飛ぶように指示を出す。

羽をバサッと一振りし、一気に急降下。

目の前まで降りた瞬間を狙って、ミアがアイテムを使う。

キラキラとした液体がどんな効果を持つのかは知らないが、ワイバーンの動きが格段に良くなった。

再び上空へ舞い戻り、視線を旋龍へ移すと、狙われているリリアの姿が見えた。

旋龍の突撃、ギリギリまで引き付けてピヨちゃんから飛び降りるリリア。

「危なっ……」

と思った瞬間、リリアは火魔法を旋龍に向けて放った。

その反対方向へと吹き飛ぶリリアと、わずかでもダメージを受けている旋龍。

「セン、今のうちにっ」

「う、うん！」

羽を大きく羽ばたかせ炎を消した旋龍だが、その一瞬だけ動きが止まっていた。

「くらえぇぇ！」

旋龍のわずかに下、腹部スレスレにワイバーンは飛んでいく。

力をこめた渾身の一撃をお見舞いできた！

……と、その直後に、旋龍の風魔法が僕たちに向けて放たれる。

「しまっ!?」

振り返った瞬間に飛んできたその魔法は、大きく羽を広げたワイバーンに直撃してしまった。

大きなダメージを受けて、消えてしまうワイバーン。

「大丈夫！　任せてっ」

空中に投げ出された僕とテセス。

すぐにテセスが風の魔符を破って、地面への衝撃を和らげてくれる。

「痛ったたた……ありがとうテセス……」

「ううん。それよりも、どうやって飛んでいる旋龍を攻撃しようかしら……」

僕はスッと空を見上げる。

飛んでいる旋龍のダメージは、まだまだ少なそうだ。

リリアも再びピヨちゃんに掴まって飛んでいるが、縦横無尽に翔《か》けめぐる旋龍相手に攻撃をかわすので精一杯の様子。

時々動きの緩やかになるタイミングを狙って、コルンの弓やアステアの魔法が飛んではくるが、いつまでもこの調子というわけにはいくまい。

なんとかして地面に落とすことができれば……

あるいは、風魔法を駆使して空で戦うか……

「……そうだ！　風魔法だよ、リリアのよく使ってるエアプレッシャーで地面に叩き落としちゃえばいいんだよ！」

「でっ、でもあんなに大きな龍、落とすことなんてできるのかしら……」

「全員で一気に仕掛ければ……多分いけるよ」

正直なところ、全く自信はない。

僕もリリアの真似をして試したことはあるが、やはり威力は段違いだった。

リリアのことだから、多分もう試しているんじゃないかとも思う……でもっ！

「アステアとコルンにも言ってくる。テセスは隠れて魔力を溜《た》めてもらっていい？」

「う、うん。気をつけてよね……」

距離もある、動きも速い。

だけどこのまま戦い続けるより可能性はあるだろう。

攻撃の飛んでいく場所へと向かい、すぐに二人に説明した。

周りを見たけれど、ヤマダさんとミアは見当たらない。

『こんな時にっ！』とは思うが、今は二人を探している場合でもない。

「リリアっ！　一気に落とすよっ！」

僕は両手を掲げながら、集中して魔力を溜める。

一瞬だけ動きを止められないか——つまりはそういうお願いの合図でもある。

そんな僕の仕草を見たリリアも、コクリと小さく頷いてすぐさま旋龍に向き直った。

攻撃をかわしつつ、近くにあった大木に身を寄せて動きを止めるリリアとピヨちゃん。

リリアもまた魔力を溜めるが、大丈夫なのか？

すぐに旋龍が勢いよく突進してくると、リリアは叫んだ。

「ピヨちゃん、ごめんなさいっ！」

えっ……？

旋龍のかぎ爪の付いた後ろ足が、そのまま思いっきり大木へと食い込みピヨちゃんを締めつけた。

「エアプレッシャー‼」

リリアの声が響き、直後に枝葉の折れる音が聞こえてくる。

ピヨちゃんを犠牲にし、リリアが飛び降りた……

呆気に取られたのは一瞬、すぐにリリアの『何してんのよっ、早く！』という大声で我に返る。

そうだ、この機を逃すわけにはいかないのだ。

僕も魔法を使う。

「くっそぉぉ、落ちろよぉ！」

全力は出している。

多分テセスも、コルンやアステアだって、出せる限りの力は出しているはずなのだ。

動きを完全に止め、必死に抵抗している旋龍。

ダメだ……もう力が出ない。

何か他に方法があるか？

ピヨちゃんもワイバーンも犠牲にして……召喚獣の復活まで時間でも稼ぐか？

どうやって……

「よくやった、あとは任せろっ」

僕の横を、黒い装備の男が駆けていく。

旋龍の真下へ駆け寄ったヤマダさんは、頭上目掛けて魔法を……

炎の槍がいくつも飛んでいき、旋龍の身体を貫いていく。

正直かなり悔しい……最後にいいところだけもっていかれてしまった。

終章　《世界樹の花》

「あー、本当に怖かったわよ……ミアが下にいなかったら、飛び降りるの躊躇《ためら》っちゃってたかもしれないもの」

「急に落ちてきたからビックリ……」

リリアが笑みを浮かべながら髪を手櫛《てぐし》で整えていた。

「まぁ、無事でホッとしたけどさぁ……」

僕はまだ少しムッとしていた。

ずっと隠れていて、急に出てきた誰かさんに対して。

「悪かったって、セン。あの魔法は時間もかかるし命中させるのも難しいんだよ。それにしても、ようやく集まったなぁ」

四つの素材を集め終え、僕たちはとね屋に戻ってきていた。

もう少し戦いやすい魔物にしてくれれば、素材も集めやすいのに。

だけど旋龍の持つ風の力も、エリクシールの作成には必要なもの。

四龍を倒した今、それらがドロップした素材から『霊薬エリクシール』を作って使えば、邪竜の力を祓えるらしい。

不平ばかり言っていても仕方がないし、僕は黙って【合成】スキルを使う。

「特性……は選べないのかぁ」

より良い効果を出そうと思ったが、ダメみたいだ。

「そんな小手先の技に頼らず、真剣にスキルを使えばいいだけだ」

ヤマダさんがそう言うのだから、エリクシールというアイテムには特性など無用なのだろう。

気を取り直して【合成】スキルを使うと、四つの結晶が光を帯びて、ゆっくりと交わっていく。

合成が終わった後、そこには強い光を帯びた花のような結晶体ができ上がっていた。

「……できたな、世界樹の花が」

霊薬エリクシール――ヤマダさんは、その結晶体を手に取って言った。

邪竜ニーズヘッグを退けるために生み出された結晶は、別名を『世界樹の花』と言い、万病に効くとされている。

花というからには大樹に咲き誇るものだと思っていたが、もとより世界樹には花など必要ないのだとか。

本来朽ちることもなければ、種子を残す必要もない大樹。

それが世界樹だ。

今のままでは、邪竜のせいで世界とともに死んでしまうけれど。

「これが世界樹の花……すごく綺麗だわ」

「綺麗だけど、ちょっと残念だね。テセスも月明かりの下で見たかったんじゃないの？」

「ふふっ、大丈夫よ。それはそれ、センなら約束は絶対に守ってくれるから」

御伽噺に出てくる世界樹の花を思い浮かべて僕が言うと、テセスは以前にした約束を口にした。

なぜそんな確信を持てるのだろうか？

それに、花が咲かないというのなら、世界樹を見に行っても約束は果たせないんじゃないか……

「センー？　テセスと二人だけで行きたいかもしれないけど、もちろん私も連れてってくれるよねぇ？」

テーブルに身を乗り出したリリアが、僕に顔を近づけて言う。

「う、うん……船があれば、だけど……」

「あら、そういえばピヨちゃんが進化できるみたいなのよ。一度やられちゃったことで、今までの経験なんかで覚醒《かくせい》したのかな？」

ニーズヘッグのことが終わったら、進化したピヨちゃんに乗って見に行こうとリリアが言う。

「俺たちは頭数に入っていないみたいだぞ、コルン」

「そんなわけないよ、アッシュさん。多分センのことだから、スキルを使って立派な船でも用意してくれるに違いないって」

みんなして好き勝手言うものだから、僕はほとほと困り果ててしまった。

それよりも、先にニーズヘッグをどうにかしなくてはならないのに……とは思うのだが、妙に楽しそうな雰囲気なので、僕は苦笑いしながら聞いているだけ。

「エリクシールは世界樹の根本で使うんだぞ？　船を用意していないわけがないだろう」

ヤマダさんは食事を終え、一人外へ向かいながらそう呟いた。

ミアも後を追いながら、『また明日来る』なんて言っている。

「えーっと、僕は明日、お城に行ってきますね。ダンジョンが消えちゃって、それが魔王様と繋がりがあることを薄々感づかれているみたいでして。あまり遅くなると怪しまれる気もしますので……」

「そっか……アステアも一緒に世界樹を見られるとよかったんだけどね」

仲間になってくれて、四龍をともに討伐したアステア。本当は最後まで一緒に旅をしたいのだけど、仕方がないなぁ。

「また行く時は誘ってくださいよ。あ、でも王様になっちゃったらそれも難しいのかなぁ……」

「ははは。どれだけ先の話をしてんだよ、アステアは」

笑うコルンにつられて、僕たちも笑う。

できればその時は、王妃様も一緒に来てもらおうじゃないか。

◆ ◆ ◆

翌日、ヤマダさんは言葉通りエメル村にやって来た。聞けば、船は村の外に用意しておいたらしい。

うん、家から出た時に気づいていた。

「もしかして、あの見えているやつが……そうだよね」

「あぁ、昔から魔王城の地下に眠っていたやつだ。おそらく先代魔王が用意しておいたんだろうが、ありがたく使わせてもらおう」

手前にあった建物の屋根から、大きくはみ出して見えている何枚もの巨大な布と、それを支える棒のようなもの。

本で読んだから知っている。アレは『マスト』とか呼ばれる帆《ほ》を張る柱に違いない。

とてつもなく大きいのだが、あれがどうして陸地に……

「船って……海の上を走るものだよね？」

その質問に対して『普通はな』と答えるヤマダさん。

リリアとテセス、そしてまだ寝ていたコルンを起こして合流し、そのたびに似たような質問がヤマダさんに投げかけられる。

そりゃあ不思議で仕方ない。

さすがにあれほど巨大な船はインベントリに入らないので、どうやってここまで持ってきたのか。ヤマダさんなら持ち上げることもできるんじゃないか、とは思うものの……

集まって船に近づくと、ミアが船の前で待っていた。

他には誰もおらず、操縦はミアが行うとのこと。

見た目は若いけれど、これでいて船の操縦経験は結構あるなんて言っていた。

いや、本当にミアって何歳……睨まれそうだし考えないようにしよう。

「で、どうやって海まで行くわけ？」

誰もが気になっていたことだが、リリアが改めて聞く。

「どうやってって、この方角に真《ま》っ直《す》ぐ」

絶対にわかってて惚《とぼ》けているのだろう。実は車輪がついていて、というわけでもないようだ。

「乗ったらすぐにわかる。ユーグが待ってんだから、さっさと行くぞ」

ヤマダさんに急かされ、予め下ろされていたハシゴから甲板《かんぱん》へ上ると、ミアは一人操縦室に向かった。

「これでどうやって世界樹まで……うわっ⁉」

ガタッ、と突然の震動。

船がゆっくりと浮かび上がり、村で一番高い場所にある教会の鐘すらもはるか下になった。

森が見え、草むらの向こうは荒野に転がる岩。甲板を移動して別の方角を見れば、街道から外れた場所に見えるサラマンデル湿地帯。

「そりゃあ飛行船だからな。魔物のいる海の上なんか進んで、船底に穴でも空けられたらたまったもんじゃない」

「だったら最初から空を飛ぶ船だって教えてくれればいいじゃない」

リリアが不機嫌そうにヤマダさんに言う。

「見た目とのギャップがあるからいいんじゃねーか。教えちまったら、たった一回しかない感動の機会を逃すことになるからな」

「ま、まぁ確かに驚いたわよ……もしかしてアンタ、ボスとの戦いでもそんなこと考えてたんじゃないでしょうね？」

僕がテセスやコルンと景色を楽しんでいる最中、リリアは次々にヤマダさんに噛みついている。

「まぁたやってるよ、あの二人……」

「ふふっ。リリアちゃん、いつも楽しそうだよね」

それにしても、そうか。ヤマダさんはこの空を飛ぶ船を楽しんでもらいたくて黙っていたんだなぁ。さすがに絡新婦《じょろうぐも》やグレイトウルフとの戦いは、僕たちに魔物との戦い方を身をもって覚えさせるため……だと思うのだけど。

「あれは俺がつまらないからだと以前も言っただろう。なんだかんだと、全部乗り越えてきたんだからいいじゃねーか。隠れて見ていたが、なかなか楽しめたぞ」

「アンタねぇ……はぁ、もういいわよ」

リリアが諦めた。となると、やり合いはこれでお終いか。

今回もヤマダさんがヒラリとかわして勝負はお預け。いや、勝負とかではないのだろうけど、ヤマダさんに誰が何を言っても言い負かすことなんてできた例《ためし》がない。

口惜しそうな表情を浮かべながら戻ってくるリリアを見て、テセスと一緒にクスクスと笑ってしまう。

「何よ二人とも……」

「あ、いや何でもないよ。地上を見下ろすことなんて滅多にないから、世界って広いなぁって思ってただけだよ」

「そうよね。でも、こんなに見渡せるのに世界樹は見えないのね。世界ってどれだけ広いんだろう……」

この広い世界の、ほんの少ししか僕たちは冒険していない。

船が動き出した直後はゆっくりと進んでいて、僕たちは景色を楽しんでいたのだが、すぐに海が見えてくる。

思っている以上の速度で進んでいるみたいだ。

僕たちはずっと景色の移り変わりを見ていたのだが、コルンだけはあまり興味がないのか甲板に寝そべっている。

風と空気がとても気持ちいいけれど、別にこんなところで寝なくても。

アッシュやアメルさんにも見せてあげたい光景だ。

またヤマダさんに乗せてもらえないか、聞いてみるのもいいだろうな。

「あっ、何か見えてきたわよ？」

テセスの指差す方向に目を向けると、かなり上空を飛んでいるこの船にも届きそうなくらい大きな樹が、海の上に浮かんでいるのがわかる。

ただ、その大樹には花どころか葉もついておらず、枯れていると言われても信じてしまいそうな姿ではあったが……

「ユーグ！　おい、聞こえているか」

ヤマダさんは大樹に向かって呼びかけた。

焔龍討伐あたりからほとんど姿も現さなかったユーグだが、ヤマダさんによれば、力を温存するために半分眠っている状態なんだとか。

『……おや、皆さま来てくださったのですね』

以前よりも一層か細く弱った声だけが響き、僕たちは息を呑んでしまう。

「例のやつは作ってきたぞ。あとはお前の覚悟だけだ、ユーグ」

『はは……わかっていたつもりですが、いきなり覚悟と言われると……』

世界樹の花、僕の作った霊薬エリクシール。

ヤマダさんは懐から取り出して、大樹に向けて突き出した。

『本当にヤマダは容赦ありませんね……私が耐えられなかったら、とは考えないのですか？』

「えっと、どういうこと？」

いまいち話についていけない僕は、ユーグが躊躇《ちゅうちょ》している理由を聞く。

霊薬エリクシールは、ユーグの魔力を回復させるようなものだと僕は思っていた。

これを使えばユーグの力が戻り、ニーズヘッグを追い出すことができるようになるのだ、と。

しかし僕の考えを聞いたヤマダさんは首を振った。

「そんな効果だったら、最初からユーグが自分でどうにかすりゃいいんだよ。このエリクシールはな、ニーズヘッグに対する毒物なんだ。同時に、ユーグにとってもな」

『結構キツイんですよ、それ……私の体内で生成しては、先に私が朽ちてしまいます。ですので必要な魔素を分けて生成し、あなた方に合成していただいたというわけです』

あとはこれに魔力を込め、根本あたりに沈めればいいのだとヤマダさんは言う。

海に溶け、根本に巣食うニーズヘッグには直接ダメージを与えることができ、かつユーグにはジワジワとしか効いてこないだろうと。

「希望があるなら、今のうちに聞いといてやるぞ。効果が出だしたら、苦しみでそれどころじゃないんだろうからな」

『別にいいですよ、もう。それに、もうじき双月の時だって知っていて来てくれたのでしょう。あなたの性格は大体わかっておりますよ、ヤマダ』

双月……？

あぁ、啓示の儀式が行われる日のことか。

スキルが与えられるのに適した……つまり一番魔素の濃くなる日だ。

自己治癒力なんかも高まるから、その直前の今日を決行日にしたということなのだろう。

「そうか、じゃあ遠慮なく行くぞ」

一切躊躇せずに、ヤマダさんはポイッとエリクシールを海に投げ入れた。

『あっ、ちょっと待っ……』

ぽちゃん……

エリクシールが水面に落ちると、突如辺り一面の海が黄金に輝きだす。

パァァァッと明るくなったと思えば、今度は赤、紫、青と様々な色で、虹のように水面が輝いた。

これが毒……とてもそうは見えない美しさだ。

しかし、ユーグがあれほど嫌がっていたのだから……

エリクシールの効果は、思った以上のものだった。


『────!!』


ユーグの叫びが響き、同時に海の底からとてつもなく嫌な気配が感じられてくる。

しばらくして、ヤマダさんは剣を抜き身構えた。


「来るぞっ！」


ザバァッ……と海から這い出てくる漆黒の龍。

大きな咆哮と、羽ばたかせる翼の音が僕たちを威圧する。

その姿は船と競《きそ》うほど大きく、眼光は鋭く爪は長い。

ただ、エリクシールの効果が出ているのか皮膚はただれ、翼には無数の穴が空いてしまっている。

この短時間でニーズヘッグに大きなダメージが……確かにこれは毒だ……

一方のユーグは、気を失ったのか声が聞こえなくなってしまった。

水の変化は収まり、あとは薄まった毒が海に残ってユーグを徐々に蝕《むしば》んでいく。

そこはもう……耐えてくれることを信じるしかないのだろう……


「魔法もアイテムも出し惜しむなっ！　ここは一気にケリをつけてしまうんだ！」

「う、うんっ！」

ヤマダさんの声にそう応えたものの、実はこの時すでにニーズヘッグには戦う余力は残っていなかった。

船が接近すると、ヤマダさんは剣で一気に翼を斬り落とす。

バランスを崩し落ちていくところに、リリアの魔法とコルンの弓が襲いかかった。

テセスが魔符を大量に取り出して、僕は風魔法を使い、その魔符をニーズヘッグのそばで発動させる。

ドボンッと再びニーズヘッグは海に落ちてしまった。

片翼では飛ぶこともかなわない。毒の海で、そのまま朽ちていってくれ——率直にそう思った。

魔物を生み出す元凶であり、世界を崩壊に導く邪竜ニーズヘッグ。

だが、急にその龍は黒い球に包まれ、姿を消してしまったのだ。

「しまった！　……くそっ」

ヤマダさんが『一気に』と言った理由がわかった。

そもそもニーズヘッグは、別の世界からやってきたのだ。

追い詰められれば追い詰められるほど、とる行動は『逃げ』の一択になる。

「どこへ行っちゃったのかしら……」

テセスは海を覗き込む。

やれやれといった感じのヤマダさんを見て、状況が十分に理解できてしまい、僕はただ頭を掻いていた。

恐らく別の空間に逃げられてしまったのだろう。

「まぁ随分と弱らせたから、逃げた先でくたばっててくれりゃいいけどな。どっちにしても、あれだけ痛い目に遭わせたんだ。もう戻ってくることはないだろう」

むしろ、戻ってくるのなら今度こそ確実に仕留めてやろうとさえ思える。

「そっか、逃げられちゃったのかぁ。残念だったわね……でもこれで、世界は救われるんでしょ？」

「さぁなぁ。ユーグ次第じゃないのか？」

声は聞こえないが、今も痛みに耐えているような感じなのだろう。

しばらく待っても状況が変わらなかったので、一度村に戻り、日を改めて様子を見に来ることになった。


僕たちはいつもの日常へ戻っていった。

ニーズヘッグがいなくなったことで、魔物の出現も減るのだと思っていたのだけど、どうもユーグの受けていたダメージは僕たちの想像より遥かに深刻なものだったようだ。

エピローグ

世界樹に残存するニーズヘッグの力が、まだ世界に魔物を生み出し続けていた。

そんな中、今年もいつものように啓示の儀式が行われる日がやってきた。

例年よりも人数が多く、コルンが特訓をつけていた子供たちの他、ダンジョンや質のいい物品で有名になったエメル村の噂を聞いて、わざわざ遠くの街から来た家族も見受けられた。

教会は朝から多くの人たちで埋め尽くされ、珍しく中の様子も見られないという状況。

子供たちが何のスキルを授かるのかは、やはり村の者たちが一番気になっているところだし、今回は元シスターのテセスだけでなく、リリアとコルンもシスター役として呼ばれているのだとか。

リリアは時々子供たちに魔法を見せてあげて、結構人気はあったみたい。

僕の知らないところで色々とやってたんだなぁ……

村には、コルンに憧れていた子がいたんだってさ。僕たちがアッシュに憧れていたのと同じ気持ちなのだろう。

そんな子供たちが、まぁ無理をしない程度に魔物退治なんかをしてくれたら、きっと近い将来には魔物のいない平和な世界がやってくるに違いない。

「あっ、もしかしてもう終わったの？」

近くの木に寄りかかって待っていたら、人混みをかき分けて出てくるコルンの姿が見えた。

「あっ！　セン、こんなところにいたのか。早く来てくれ、リリアだけじゃ大変なんだよっ」

気づけば周囲の視線が僕の方を向いていて、なぜだかざわついている。

「ど、どうしたのっ⁉　まだ啓示の儀式の最中ってことでしょ？」

「あぁ、でも俺やテセスじゃ水晶が光らねぇんだよ。村の外から来た人なんか、すっげぇ怒ってさ」

どういうことなのかと聞いたが、理由はさっぱりわからないと。

まぁでも多分……ユーグが原因なんだろうな。

世界中できっと同じことが起きているのだろう。

僕やリリアなら、持っている魔力だけで水晶に力を与えられると思う。でも、テセスですらまともに水晶を光らせられないとなると、他の街では誰一人できないだろう……

「ごめんっ、ちょっと疲れたから休ませてもらうわ」

僕が教会に入ると、リリアはそう言って控室に入った。

「う、うん。えっと……魔力回復薬も多めに用意しなきゃいけないんだっけ……」

インベントリ機能が生きているだけでもありがたい。

魔法やアイテムの効果は薄れてしまっているが、数を揃えればなんとか……

いつもの倍の薬に頼りながら、僕とリリアとで交代しつつ啓示の儀式を続けていく。

それでも、期待されているほどのスキルは与えられなかったかもしれない。

いつもなら、授かった瞬間にワッと歓声が上がるのだけど、どの子もそれほど喜んでいる様子はなかった。

もしかして、スキルの一部しか授からないという欠如型《ロストタイプ》ばかりになってしまったのだろうか？

今年は中止にして、改めて来年に儀式を行うほうがよかったのかもしれない。

僕もリリアも、儀式を進めるうちにだんだん不安になってきてしまった。

「次の少年が最後、かな……」

「そうみたいね、一応無事に終わりそうで良かったわ……」

魔力を使い切ることは何度も経験しているが、それでもやはり魔力酔いはあまり味わいたくないものだ。

僕は魔力回復薬を飲み干して、水晶玉に近づいていく。

少々ボーッとしていたせいか、隣でリリアが同じように手をかざしているのも気づいていなかった。

「あー……でも光ってるし、大丈夫だよね？」

「知らないわよ、そんなこと……」

見物人たちは騒然としていたけれど、さすがに僕ももう限界だ。

僕が椅子に腰掛けて休んでいたら、少年は水晶に手を伸ばしてくれた。

テセスが『大丈夫だよ』と言ったら、周りもみんな安心したみたい。

元聖女様なのだ、でたらめなことを言うはずがないと思っているのだろう。

……水晶から光が消えていく。

僕たちも最初は、こうやってスキルを得たんだったな、としみじみ思う。

【合成】なんて未知のスキルだったけど、おかげで普通じゃ得られない貴重な体験もできた。

きっと、この少年も今から色んな経験をするんだろうなぁ……

「ゆう……しゃ？」

首を傾げて少年が悩んでいる。

聞き間違いでなければ、少年はとんでもないことを口にした気がするのだが。

テセスがそっと近づいていった。

聞こえていたのだろう、テセスの耳にも『勇者』という言葉が……

「ねぇアルスくん……あとでお姉さんたちとお話ししよっか？」

「う、うん……わかった」

まさかとは思うが、将来は魔王ヤマダさんを倒しに旅に出る、なんてことはないよねぇ。

なぜか村人たちに混ざって、怖い笑みを浮かべているヤマダさんとミアが見える気がするのだが……

◆ ◆ ◆

儀式が終わり、それからまた一年が経った。

やはりユーグの力が戻らないせいか、前回はどこの街でも水晶からスキルを得ることはできなかったようだ。

僕とリリアがスキルを与えた子供たちも、ただ一人を除いては特に優れたものを与えられなかった。

僕たちの冒険は、そこで終わってしまった。

村に入り込む魔物が以前より多くなり、その対策に追われていたこともある。

ユーグが力を取り戻すまではまだ時間がかかりそうだと、ヤマダさんは言っていた。

そんなヤマダさんは相変わらず村にも顔を出し、アルスくんをどこかへ連れ回している。

そのたびに疲れていたり不安そうな表情を見せたりしているアルスくんが、ちょっとだけ可哀想ではあるけれど、ヤマダさんは一刻も早く世界樹を元の姿に戻したいのだろうし……

テセスは、とね屋で働いている。

マリアが教会に戻れるよう、代わりに料理好きのテセスが厨房を任されているのだとか。

『天職かも』なんて喜んでいたが、いつまで続くことやら……

コルンとリリアは、ピヨちゃんとともに魔物退治や村の警備をしている。

いつも言い合いの喧嘩をしているみたいで、リリアが僕の家に来て口にするのは不満ばかりだ。

合成を一緒にしたりもするけれど、やっぱり商売にはなりそうにない。

で、これまで村を守る役目を引き受けていたアッシュが今年、ついに村長になった。

『いいのか？　俺みたいなよそ者で……』なんて言っていたけど、誰も反対する人なんていなかったのだ。

昔から村就きとしてエメル村に滞在していたし、僕なんかよりよっぽど村のことに詳しい。

それで前村長の家に、アメルさんと三人で住んでいるというのだから、やっぱり幸せなのだろうな。

そんな毎日が続いていていて、僕もまた……

「いつもすみません、センさん……」

「いや、アルスくんも大変だね。これ、新しい剣と回復薬、あとルースも少し持っていく？」

「そんな、悪いですよ。お金もあまりお出しできないのに……」

工房の片隅、精霊鍛冶師のお爺さんの横で、そんなやりとりが実は結構あったりする。

最近ではヤマダさん監修の装備品を渡されて、よくわからない格好にさせられているアルスくん。

今回のコンセプトは、『ムサシ』という人物なのだとか。

よくわからないが、先入観をなくして見てみれば意外とカッコいいような気もする。

◆　◆　◆

月日が流れて三年後……

以前に比べて、明らかに魔物の数は減っていた。

アルスくん……いや、勇者アルスが各地で魔物を倒して回っているからだろう。

最近は、エメル村に人族以外も多く住んでいる気がする。

冒険者たちが言うには、王都や他の国ではもっと様々な種族が暮らしているなんて話もあった。

「説得しましたよ、もぅ。頭固いんですから、まったく……」

王女に内緒で村にやってきたアステアが、そんなことを言っていた。

最近、魔王の手下を倒したのは嘘だったことを打ち明けて、魔族や魔王について根気よく説明したのだとか。

しかし、アステアのやり方で魔物が減っているのも事実。

城では、誰よりも強いアステアに逆らえる者はいないらしい。

ちょっとヤマダさんの影響もありそうだけど、本当に大丈夫だろうか……

まぁ、おかげで無駄に争うことはなくなったみたいだし、今日も無事、啓示の儀式が終わったところ。

ユーグの力も随分と戻ったようで、今回は僕もリリアも不参加で済んだ。

まぁ、僕は忙しくて辞退したっていうのもあるんだけど……

「あ、そうだリリア。デッセルさんから預かったお金を渡しておくね」

「なぁに？　また仕入れとか頼まれなきゃなんないの？」

「いいじゃん、リリアだって合成に使うんだから。それに、僕はデザイン料とか一切払ってないんだし、お金は好きに使ってよ」

忙しいというのは、最近王都向けに装飾品や飾り物を卸しているからだ。

装備品も、形を変えるだけで需要がすごく高まった。

デザイン重視といっても、性能面では下手な装備品よりも優れていたりする。

でもどうせ気づかないからね。装備すると防御力が上がるお姫様の置物とか、身につけると毒耐性が上がる髪飾りとか。

なぜそんなものを作り始めたのかというと、転移用の指輪が原因だったりする。

リリアが『せっかくだから、もっと可愛いデザインにして贈りなさいよ』なんて言ったのがきっかけだった。

実際に作って渡したはいいのだけど、テセスは『お揃いがいいのに』と言って受け取らなかった。

じゃあリリアに、と思ったが、リリアまでいらないと言う。

シンプルなやつを拵《こしら》えてテセスに渡したら今度は素直に受け取るし、正直意味がわからない。

まぁ、それで見本として作っていた指輪を、たまたま訪問していたデッセルさんに見られてしまい、卸してほしいと頼まれた、という流れ。

最初は乗り気じゃなかったけど、性能だけちょっと注意して作れば品質は何だって構わないのだ。作ったものを色んな人が身につけたり飾ったりしているのが嬉しくなって、そこからのめり込んでしまった……

今では依頼所の一角にも置かせてもらって、日々色々なアイテム作りに挑戦している。

まだまだ『世界樹辞典《ワールドディクショナリー》』には未知のアイテムがいっぱいだし、中には低品質でしか作れていないものもあるが……

「はぁ……別にいいけどさ。あまり同じアイテムばっかり作っても売れ残っちゃうよ。ちゃんとお客さんのニーズに合わせて作らなきゃ」

僕もリリアに小言を言われるのにだいぶ慣れてしまった。

今まで隠れながらやっていたアイテム作りが、楽しくて仕方ないのだから。

「じゃあ僕も久しぶりに外に出よっかな。ヤマダさんはもう来てるんでしょ？」

「ええ、船なら私が来た時に飛んでいるのを見たわよ」

双月である今日の夜に、みんなでユーグのもとへ。

あれから結構経ってしまったけど、これでもヤマダさんとアルスのおかげで回復はかなり早かったみたいだ。

ヤマダさんも、ここ数日は『今日のために』って言って、あちこちのボスを狩りに行ったらしい。

みんなで外に出ると、ヤマダさんが平静を装って立っていたから少しだけ笑ってしまった。

「……ふふっ、お久しぶりですね、皆さん。見たところ新しい仲間も増えたようですし、私もこれで安心できますわ」

そう言ったのは、王女様だ。せっかくなのでアステアにも声をかけたら、案の定、王女様もついてきた。

さすがにみんなが気を遣うんじゃないかと思ったが、そんな心配は全くいらなかった。

「皆さんのことはアステアから聞き及んでますわ、ふふっ」

女性たちは、軽い調子でけっこう喋っていたみたい……

日は沈み、空には双月。

世界樹の根本の水面に船を着水させると、穏やかな海からは波の音が聞こえてきた。

久しく見なかったユーグは婉容《えんよう》な雰囲気を出していて、身体も以前のように痩《や》せた感じではなく、自然で美しいものだ。

大樹には葉も茂り、見違えるほどに立派になっていた。

もしまたニーズヘッグが現れたなら、またここに来ることになるかもしれない。

実は、少しだけ期待していたりするんだよね。倒せずに逃げられちゃったっていうのは、どうにもスッキリしないもので……

「こんな綺麗な世界樹を見られたんだし、やっぱり来て良かったよ」

僕たちは、はるか上を見上げていた。

星空を背景に、風にそよぐ葉。その隙間から洩《も》れる月明かり。

「何言ってんだ、わざわざアイテムを用意したのに、世界樹の花は見ないつもりか？」

「え？　どういうこと？　だって、世界樹の花って、エリクシールのことなんじゃないの？」

「『物語の』だよ。お前らが見たがっていたやつな」

ヤマダさんの説明に、わけのわかっていない僕たちはただポカンとするばかりだ。

懐から小さな結晶体を取り出したヤマダさんは、躊躇することなくそれを海に投げ入れた。

『これも数百年ぶりですかね？　レイチェルが言い出したのでしたね、そんなことを』

「昔話はいいから、さっさと作ってくれよ」

『はいはい。まったく……相変わらずなんですから』

ヤマダさんとユーグのやりとりが続く中、僕たちはじっと世界樹に起きる変化を待っていた。

水面が虹色に輝き、それを吸い上げるように幹《みき》を通って、光は葉の一枚一枚に移り渡っていく。

「うわぁ、なにこれ!?」

「すごーい……」

言葉では言い表せないほどに……綺麗だった。

光を指差して、あれは何色だ、これはどんな形だなんて、女性たちは賑やかに喋っている。

僕なんか言葉も出ずに、ただ眺めるだけ。

コルンも完全に言葉を失っているようだ。

しばらくして光は収束し、一つのアイテムを生み出した。

それは以前にも渡された、金色の世界樹の実。

これを見た絵本作家が、世界樹の花は月夜に……と書いたのか。

なるほど、花でなくても美しいものなら、確かにそれでいいとは思う。

双月の時は特に光り輝くそうで、そう聞くと『また翌年のこの日に見に来たい』とみんなで騒いでいた。

なんだかんだ、仲の良いメンバーだなぁとしみじみ思う。

「そうだ、家に帰ったらあんな感じの髪飾りでも作って、二人にプレゼントしよっかな……」

船が動き出し、ゆっくりとエメル村へと戻っていく。

心地よい潮風を身体に受けながら、僕はずっと余韻に浸っていた。

「ねぇセン？」

「ん？　どうしたのリリア？」

僕の座っていた隣にやってきて、リリアが小さく声をかける。

気づけば周りには誰もいなくて、とても静かに波の音だけが聞こえていた。

そっとリリアは顔を近づけて……

「いくらアイテム作りが楽しいからって、引きこもってばかりいたらダメよ。今もボーッとして、どうせアイテム作りのことを考えていたんでしょ？」

「あっ……はい、ごめんなさい……」

まったく、リリアには敵《かな》わないなぁ……

そう思いながら僕は立ち上がった。

空を見ると、これまでの戦いが夢だったかのように平和な夜空が広がっている。

思い返せば、啓示の儀式でテセスが魔力回復薬を手に取ってから始まった不思議な冒険。

おかげで仲間も増えて、僕の知らない世界もたくさん見ることができた。

一歩踏み出した世界はいつも新鮮で綺麗で、時に残酷で……

僕の中に色々な感情をもたらしてくれたこの世界。

きっと、きっとまだまだ知らない楽しいことは満ち溢れているはずだ。

だから僕は……

「また面白いアイテム作ったら、変わった冒険に行けるのかなぁ？」

「あっ、センってば全然わかってないわね」

おしまい

生まれついての悪人面で周りから避けられている高校生・善治《ぜんじ》は、ある日突然、クラスごと異世界に転移させられ、気まぐれな神様から「領地経営」を命じられる。善治は最高の「S」ランク領地を割り当てられるが、人気者の坂宮に難癖をつけられ、無理やり領地を奪われてしまった!　代わりに手にしたのは、領民ゼロの大ハズレ土地……途方に暮れる善治だったが、クラスメイト達を見返すため、神から与えられた「生産スキル」の力で最高の領地を育てると決意する!

◉定価:本体1200円+税　◉ISBN:978-4-434-27774-0　◉Illustration:三弥カズトモ

この作品に対する皆様のご意見・ご感想をお待ちしております。
おハガキ・お手紙は以下の宛先にお送りください。

【宛先】
〒150-6008 東京都渋谷区恵比寿 4-20-3 恵比寿ｶﾞｰﾃﾞﾝﾌﾟﾚｲｽﾀﾜｰ 8F
（株）アルファポリス　書籍感想係

メールフォームでのご意見・ご感想は右のＱＲコードから、
あるいは以下のワードで検索をかけてください。

アルファポリス　書籍の感想　検索

ご感想はこちらから

本書は Web サイト「アルファポリス」（https://www.alphapolis.co.jp/）に投稿されたものを、改稿、加筆のうえ、書籍化したものです。

スキル【合成《ごうせい》】が楽《たの》しすぎて最初《さいしょ》の村《むら》から出《で》られない 3

紅柄 ねこ（べんがら ねこ）

2020年 8月 31日初版発行

編集－篠木歩
編集長－太田鉄平
発行者－梶本雄介
発行所－株式会社アルファポリス
〒150-6008 東京都渋谷区恵比寿4-20-3 恵比寿ｶﾞｰﾃﾞﾝﾌﾟﾚｲｽﾀﾜｰ8F
TEL 03-6277-1601（営業）　03-6277-1602（編集）
URL https://www.alphapolis.co.jp/
発売元－株式会社星雲社（共同出版社・流通責任出版社）
〒112-0005東京都文京区水道1-3-30
TEL 03-3868-3275
装丁・本文イラスト－ふらすこ
装丁デザイン－AFTERGLOW
印刷－図書印刷株式会社

価格はカバーに表示されてあります。
落丁乱丁の場合はアルファポリスまでご連絡ください。
送料は小社負担でお取り替えします。

ISBN978-4-434-27779-5 C0093